Gustav Falke

Mynheer der Tod

und andere Gedichte

Gustav Falke

Mynheer der Tod
und andere Gedichte

ISBN/EAN: 9783741110788

Hergestellt in Europa, USA, Kanada, Australien, Japan

Cover: Foto ©Andreas Hilbeck / pixelio.de

Manufactured and distributed by brebook publishing software
(www.brebook.com)

Gustav Falke

Mynheer der Tod

Mynheer der Tod

und andere Gedichte.

Von

Gustav Falke.

Dresden und Leipzig.

E. Pierson's Verlag.

1892.

Meinem Freunde

Detlev Freiherrn von Liliencron.

Laß uns singen, wie wir wollen,
Schelten, scherzen, tanzen, tollen,
Sind wir uns nicht selbst genug?
Frei von allen engen Banden,
Unbekümmert, wo wir landen,
Wagen wir den keckſten Flug.

Inhaltsverzeichnis.

Mynheer der Tod.

Der Rittmeister.

Eine Schwadron am Waldessaum,
Schwarze Husaren. Stehn wie der Baum,
Die Linke am Sattelknopf.
Vergoldet vom letzten Tagesstrahl
Pferdehals, blitzender Reiterstahl,
Kolpak und Totenkopf.

Dreißig Schritte vor der Front
Der Rittmeister grell übersonnt,
Den Säbel mähnenquer.
Tief in die bleiche Stirn gerückt
Die Pelzmütze, späht er vorgebückt,
Mit Geierblick umher.

Links auf leichtem Schimmel dicht
Sein Trompeter, ein flachsblond Milchgesicht.
Der sieht mit leisem Graun
Ihn reglos halten auf dem Fleck,
Wie festgewurzelt Mann und Scheck,
Ein Bild aus Stein gehaun.

Säbelwink! Signal! Tra—a—ab! Trab!
Nun jagt der Victoria die Kränze ab,
Und wenn sie die Hölle verschanzt.

1 *

Mit hartem Huf stampft Feld und Frucht
Schnellfüßige Siegeseifersucht,
Daß Kraut und Scholle tanzt.

Hurra! in den Feind! Dragoner sind's. Drauf!
Wallt sie, Jungen! Haut sie zu Hauf!
Klinge an Klinge blitzt.
Der Rittmeister mitten im dichtesten Knaul.
Rechts herab, links herab, hoch vom Gaul.
Und jeder Hieb, der sitzt.

Das ist ein Zerren, Stich und Stoß,
Ein Sinken, Stürzen sattellos.
Brüllend prallt Wut in Wut.
Und wie verzogen sind Staub und Schwall,
Geglättet ruhn die Wogen all,
Im Sand verrinnt die Flut.

Zerrissen Roß und Reiter, weh!
Gefallen wie Halme im Sommer jäh,
Vorm Siegessichelschlag.
Am Boden bügellos Held an Held,
Reiterlos rasen die Pferde durchs Feld,
Blutrot stirbt der Tag.

Nur einer entkam. Ihn trug sein Scheck
Mit hastendem Huf aus Schlacht und Schreck.
Der Strauß war fast zu heiß!
Er schlägt von der Attila Staub sich und Sand
Und wischt sich mit der flachen Hand
Aus Augen und Stirn den Schweiß.

Ein hämisch Grinsen kriecht hervor,
Zieht ihm den Mund von Ohr zu Ohr:
Heut war's nach meinem Sinn.
Dann wendet seinen Gaul im Schritt
Und brütet neuen Grausenritt
Der Tod still vor sich hin.

Die Equipage.

Ein Spielball seiner scheugewordenen Pferde,
Der Vollblutfüchse, die wie furchtgepeitscht
Durch Staub und Funken in den heißen Tag
Den eierschalenleichten Wagen reißen,
Rast über den Weg ein vornehmes Gefährt,
Lautlos, auf Gummirädern. Rechts und links,
Hier, dort, an jedem Stein droht ihm Zerschellen.
Entsetzt ist der Lakai hinabgesprungen.

Zurückgesunken liegt, vom Schreck gelähmt,
Der Ohnmacht nah, im grünen Plüsch des Fonds
Die alte Exzellenz. Im Knopfloch prangt
Des mäusegrauen Überrocks kokett
Die herrlichste, tiefdunkelrote Rose.
Das feine schmale Diplomatenantlitz,
Bartlos und voller Falten, tausend Runzeln,
Gleich einer Walnuß, deckt aschfahle Blässe.
Weit aufgerissen heften sich die Augen,
Die wasserhellen, klugen alten Augen,
Als sähen ein Gespenst sie, auf den Kutscher.
Schlaff hängt, wie tot schon, über den Rand des Schlages
Die Rechte mit den angstgespreizten Fingern.

Dem Greis zur linken beugt zum Sprung sich vor
Ein Mädchen, ein sehr junges, schlankes Ding,
Soeben flügge erst, ganz weißgekleidet,
Mit brennend rotem Haar, deß schwere Flechten,
Zwei breite Flammen, nach den Hüften züngeln,
Und alles Blut hat aus den weichen Wangen
Die Todesangst ins Herz zurückgejagt.

Den kleinsten Fuß im spitzen Atlasschuh
Schon auf den Kissen vor sich, mit der Faust,
Die pfirsichfarbener Handschuh überstrafft,
Des Bockes Eisenstange fest umkrampfend,
Stiert wie gebannt auch sie mit starren Augen,
Mit süßen Kinderaugen, die das Graun
Vergrößert hat, auf Fritz. Mein Gott! Fritz! Fritz!
Der dreht den Hals und nickt ihr hämisch zu,
Ein grausig Beingesicht ohn' Fleisch und Blut:
Fritz blieb zu Haus, Comtesse, heut fahre ich.

Der Seidenpinscher mit dem Fell wie Schnee,
Der auf dem Vordersitz bequem sich's macht,
Hebt ganz verwundert seine klugen Augen.
Höchst unklar ist noch immer ihm der Vorgang,
Und fragend blickt er bald auf Fritz, bald auf
Die junge Herrin. Aus dem Zahngehäge,
Dem scharfen, hächelt Fifis rosig Zünglein,
Und an dem himmelblauen Halsband zittert
Ein Silberglöckchen, dessen Kling und Ping
Im Donnerlaut des Hufschlags untergeht.

Breitbeinig steht der Tod, weitvorgebeugt,
Ein Muschellenker, der sein Wettgespann
Um Kranz und Gloria durch die Rennbahn kreist.
In harter Knochenfaust die schlaffen Zügel,
Und mit der andern weit ausholenden Schwungs
Der Peitsche schlangenschmeidige Geißelschnur
Den bangen Tieren um die Ohren klatschend,
Scheint er ganz Lust, im hellen, harten Blick
Des kränzesicheren Sieges Übermut,
Und um den Mund, daraus die feste Mauer

Des prächtigsten Gebisses blitzt und lacht,
Ein schlächterhaft brutales, breites Grinsen.

Der Glanzhut mit der farbigen Rosette,
Der mählich in den Nacken ihm gerutscht ist,
Zeigt halb des Schädels blanke Billardkugel,
Und um die dürren Glieder schlampt und schlottert
Die kaffeebraune, goldenknöpfige
Livree dem Schrecklichen, der gut gelaunt
Zu irgend einem seiner Feste sich
Die Gäste in der Equipage holt.

Die wilde Jagd verschlingt ein Tannenwäldchen.
In Staub und Glut der Straße aber liegt
Hellschimmernd eine weiße Rosenknospe,
Erschlossen kaum, feuchtwarm der zarte Stengel,
Als hätt' noch eben eine heiße Hand
Die todgeweihte lebensfroh umfaßt.
Der laue Mittagswind streicht drüber hin,
Ein scharlachfarbner eiliger Schmetterling,
Sich überhastend, gaukelt leicht vorüber,
Kehrt wieder, ruht wie müde eine Weile
Matt flügelnd auf dem Blütenbett sich aus,
Und nimmt den Weg ins übersonnte Feld
Schnittreifen Hafers, das der Friede küßt
Und wolkenlose Bläue überdacht.

Eine Reisebekanntschaft.

Ich saß im Schnellzug erster Klasse
Vor einigen Tagen ganz allein,
Ein still beschaulicher Insasse.
Da stieg bei einer Feldstation
Ein Herr, zum mindesten ein Baron,
Mit stummem Gruße zu mir ein.
Und ohne Pfiff und Klinglingling,
Ganz lautlos ohne Aufsehn ging
Drauf wieder weiter unsre Reise.
Mich wunderte die seltne Weise,
Daß so auf freiem Feld im Flug
Der Eilzug stoppte, nicht genug
Und steigerte noch meine Meinung
Von dieser vornehmen Erscheinung,
Ein Mann von Rang wohl und Gewalt
Wie machte sonst der Zug hier halt.

Es war ein schlank gewachsner Mann
Mit grauem Kaisermantel an,
Und kleinem rundem, weichem Hut,
Die Wangen blaß, wie ohne Blut,
Die Augen schwarz und ernst und tief,
Darüber wie ein Buschwall lief
Der Brauen eng vereintes Paar,
Was, reden alte Weiber wahr,
Ja immer auf viel Unglück weist.

Mein vis-à-vis schien viel gereist.
Ich schloß das gleich aus seinem Wesen,
Das war so ohne Federlesen,
Als wär' er im Coupee zu Haus,
Sah nicht einmal zum Fenster hinaus,
Und rauchte schweigend vor sich hin
Ein feines Kraut, das mir den Sinn
Begehrlich machte. Ob er mir
Las vom Gesicht ab die Begier?
Gleich bot er mir mit Höflichkeit
Auch eine solche Cigarette
Und fragte, ob ich Feuer hätte,
Und war zu dienen mir bereit.
Ich zog den Hut und stellt' mich vor,
Drauf er jedoch kein Wort verlor
Und vornehm nur wie dankend nickte,
Was in der Meinung mich bestrickte,
Er sei zum wenigsten Baron,
Vielleicht wohl gar ein Fürstensohn.

Auf jedem Fall war sein Tabak
Für einen Fürsten nicht zu schlecht.
Fein von Aroma und Geschmack.
Behaglich setzt' ich mich zurecht
Und schwieg beim Rauch der Cigarette
Mit ihrem Spender um die Wette.
Doch schließlich faßt' ich Mut und sprach
Von dem und jenem, wie mir's lag,
Und er wohl höflich Antwort gab,
Brach aber stets bald wieder ab.

Sein wortkarg Wesen reizte mich.
Nun schweigst auch du, gelobte ich,
Doch immer, hatten eine Zeit
Wir so verbracht in Schweigsamkeit,
Zog's wieder mich, ein Wort zu wagen
Und vorsichtig ihn auszufragen,
Leutselig, aber kurz und knapp,
Schnitt er mir bald den Faden ab.

Indessen schoß durch Feld und Wald
Der Schnellzug ohne Aufenthalt.
Vorüberflog im Wirbeltanz
Die Welt, blitzblank im Sonnenglanz.
Doch so mit dem Baron allein,
Wollt' mir die Zeit nicht schnell genug sein.
Und halblaut seufzt' ich, finstren Blicks:
Ich wollt', wir wären erst in X.

Kaum hatt' ich so mir Luft gemacht,
Hat mein Baron leis aufgelacht.
Gar sonderbar sah er mich an:
Sie wollen nach X noch, lieber Mann?
Wir werden wohl so weit nicht reisen,
Denn gleich wird unser Zug entgleisen.

Entsetzt sah ich den Sprecher an.
Mein Gott! — da saß der Knochenmann
Und schon verspürt' ich Puff und Stoß,

Ein Knirschen, Ächzen, Ach und Krach,
Als wär' die ganze Hölle los.
Da — schweißgebadet wurd' ich wach
Und dankte Gott auf meinen Kissen.
Der Kerl hätt' wirklich umgeschmissen!

Das Familienalbum.

Hüstelnd, ganz in sich zusammengesunken, sitzt die alte Dame in dem tiefen, weichgepolsterten Lehnstuhl. Von schwarzem Seidenkleid umhüllt ein kleiner vertrockneter Körper. In schneeweißer Spitzenhaube, deren grell eigelbes Band sich schreiend von dem grünen Plüsch des Sessels abhebt, ein zartes faltenreiches Gesichtchen.

Neben der Greisin der Tod, ein älterer gutmütiger Herr mit hellem Beinkleid, schwarzem Tuchrock und goldner Brille. Er hat den rechten Arm auf die Lehne des Sessels gelegt und blättert, leicht vornübergeneigt, mit der linken langsam, ganz langsam, Blatt für Blatt eines auf dem Schoß der Greisin ruhenden großen Albums um. Es liegt etwas rührend rücksichtvolles in der Art des alten Herrn, dessen Erscheinen das kleine Stubenmädchen vorhin mit dem ihr schon geläufigen „Der Herr Doktor" gemeldet hatte.

Die alte Dame betitelte ihn dann auch beständig Herr Geheimrat.

„Einen Augenblick, Herr Geheimrat. Dieses Bild noch. Meine selige Schwester."

„Hier mein lieber seliger Mann. Sie kannten ihn ja, Herr Geheimrat."

Und gutmütig geduldet sich der alte Herr, bis die Greisin sich satt gesehen. Langsam, ganz langsam, Blatt für Blatt, wendet er um. Nach dem letzten Bild — die Betrachtende kann sich schwer davon trennen, immer kommt sie wieder darauf zurück: „Meine süße Agnes, Herr Geheimrat. Sie mußte so jung sterben, kaum achtzehn Jahre. Ein so liebes, begabtes Kind" — nach diesem letzten Bild klappt er leise den silberbeschlagenen Deckel des dicken Buches zu.

„Nun ruhen Sie sich aber aus, gnädige Frau."

„Ja, ja, es hat mich doch angegriffen — die Augen — — die Augen — — —"

Ein Hüsteln unterbricht das feine Stimmchen. Und die Augen schließend, sich ganz zurücklegend, in sich zusammen= fallend, gehorcht sie der empfangenen Mahnung. Wie im ruhigen Schlummer sitzt sie da.

Leise, auf den Zehen, geht der alte Herr durch den kleinen Salon. Vor der altmodischen Stutzuhr auf den niedern Kaminsims bleibt er stehen, zieht seine schwere goldne Taschenuhr und tippt, die Zeit vergleichend, zwei, drei= mal sachte, wie spielend mit dem Mittelfinger der rechten Hand auf das Stundenglas der Stutzuhr. Dann nimmt er vom nächsten Stuhl Hut und Hand= schuhe.

In der Thür wendet er sich noch einmal nach der Ruhenden um. Wie befriedigt nickt er und ein unendlich gutmüthiges Lächeln verschönt sein Gesicht.

Jagd auf Hochwild.

Am hellen, sonnigen Mittag, sah ich ihn plötzlich auf dem Dach des mir gegenüberliegenden Hauses. Das weiße, glatte, wie polierte Gerippe, flimmernd im grellen Licht, hob sich scharf gegen den blauen Himmel ab. Wie eine Katze schlich er, sich schmiegend, duckend, zögernd, sich vorwärtsschiebend, über die rotbraunen Schieferplatten. Eine Rückenkrümmung, ein schlangenschmeidiges Aufrichten, ein zielsicherer, gieriger Sprung — und fort flog der Sperling.

Ganz deutlich hatte ich den rasselnden Zusammenschlag der beinernen Hände hören können. Wie er jetzt bastand: baff, enttäuscht, beschämt. Ich sah nie ein so dummes Gesicht. Der geprellte Tod.

Der Radfahrer.

Ein köstlicher Sommertag. In Hemdsärmeln — der Hitze wegen trug ich den Rock an meinem Gangstöckerl, wie der Bayer sagt, auf der Schulter — schlenderte ich auf der Landstraße hin, seelenvergnügt. Von jeher: Je heißer mich die Sonne bescheint, um so fröhlicher werd' ich.

Aus dem noch frischen Grün der bie Felder von der Straße abgrenzenden hohen Knicks — nur die vorderen Büsche bedeckte bis zur halben Höhe der weiße Staub des Weges — leuchteten und dufteten hin und wieder die blaßblauen Traubenbüschel der Syringen, schimmerten: die zartfarbigen Blüten des Rotborns. Auf den Feldern das grüne Gewoge der Saaten, da heraus und drüber das Quinkilieren der Lerchen. Von näher und ferner gelegenen Weideplätzen das Brüllen der Kühe. Und über allem der strahlende, wolkenlose Junihimmel. Nur wenigen Leuten begegnete ich. Es waren: ein Bauer mit einer Fuhre Dünger, gleich darauf der Landbriefträger mit hochrotem, schweißbeperltem Gesicht. Eine Viertelstunde später: eine braunwangige, dralle Bauerndirne. Die vollen bloßen Arme stramm in die Hüften gestemmt, trug sie an der wuchtenden, umhalsenden Tracht zwei rote mit blitzenden Messingreifen umlegte Milcheimer.

„Go'n Dag."

„Goden Dag ok, lütt Dirn."

Sie lachte übers ganze Gesicht, auf dem es wie ein Abglanz des reichlich mit Öl oder Butter getränkten strohblonden Haares lag.

Dicht vor mir bog sie in einen schmalen Seitenweg

ein, der nach irgend einem versteckt liegenden Hof oder
einer Kate führen mochte.

Wie ich sie liebe, diese schmalen Seitenwege, die sich
irgendwo ins Ungewisse, Märchenhafte zu verlieren
scheinen.

An dieses Mädchen noch denkend, höre ich auf einmal
hinter mir ein surrendes, sausendes Geräusch. Dann,
eh ich mich noch umgesehen, das bekannte Glockensignal
der Radfahrer. Und schon braust er heran, einen
eleganten Bogen um mich beschreibend, ein schlanker,
schneidiger Sportsman.

Einige Schritte vor mir zügelt er, bewundernswert,
mit einem Ruck sein Stahltier und zieht die Mütze:

„Bin ich auf dem rechten Weg nach Schwinkuhl?"

Kaum hatte ich artig bejaht, erkannte ich auch schon
den Frager. Es war der Tod.

Mit verbindlichem Lächeln nickte er mir Dank und
sauste davon. Zitternd, wie gelähmt, starrte ich ihm nach.

Da die Landstraße hier eine weite Strecke in schnur-
gerader Richtung lief, konnte ich ihn lange verfolgen.
Wie ein Pfeil raste er dahin.

Plötzlich — eine scharfe Biegung nach rechts, hart
an den Graben heran, und bevor ich zur Bewunderung
dieser gewagten Kurve kam, oder war sie ungewollt, sah
ich ihn stürzen, Rad und Reiter sich überschlagen.

War er an einen Chausseestein geraten? Ich fand das
Rad in völlig verbogenem, beschädigtem Zustand im
Wege liegen, drum herum, nach allen Richtungen zerstreut,
unzählige Knochen und Knöchelchen, ein ganzes Gerippe,
zerspellt, zersplittert.

Auf dem Rand des Grabens aber saß, dumm glotzend,
und sich die hohe kahle Stirn reibend, der Kritiker des
allgemeinen deutschen Bier= und Inttelligenzblattes, Herr
Dr. Slatmann=Kannegießer.

„Nicht mal hier hat man sein' Ruh'," brummte er
mich an.

Ich war wirklich in Verlegenheit. Sollte ich ihn um=
armen, weil er den Tod zu Fall gebracht hatte, oder
sollte ich mich und meine hunderttausend deutschen Mitdichter
bedauern, daß ein Mann mit einem so dicken Schädel — —
aber was war das? Wo so eben der Tod den Tod
fand — welch ein Wunder! Belebte sich der Staub?
Hier, da, dort — welch ein Knospen, Sprießen, Wachsen.
Ein Wald von Blüten um mich, berauschende Düfte, zitternde
freudeschluchzende Töne, Leben, Leben, tausendfach sich ver=
tausenfachendes Leben mich umdrängend, überdrängend.

Mir schwanden die Sinne. . . .

Vermischte Gedichte.

2*

Strandidyll.

Auf dem Rücken im warmen Sand
Nie ein schöneres Lager ich fand.
Murmelnde, kichernde Wellen zu Füßen,
Oben im Wind ein Lispeln und Grüßen
Schwankender Halme und leises Gesumm
Sammelnder Bienen, sonst Stille ringsum.
Ja, ringsum!
Nur selten, bald ferne, bald nahebei
Ein Mövenschrei.

Durch das halbgeöffnete Lid
Blinzelt das Auge hinüber zum Ried.
Blendendes, zitterndes Sonnengegleiße;
Schmetterlingsspiele. Blaue und weiße
Kinder der Stunde. Nun löst aus der Schar
Sich ein bläulich geflügeltes Paar,
Liebespaar!
Das schaukelt und gaukelt und flügelt und giebt
Sich sehr verliebt.

Plötzlich, ei fällt denn der Himmel ein?
Weitet sich, breitet sich bläulicher Schein.
Läßt sich das zärtliche Pärchen nieder
Frech mir gerad' auf die Augenlider?

Aber schon merk' ich's am salzigen Geruch,
Und schon fühl' ich's am derben Tuch,
Schürzentuch,
Und hör es am Lachen, die Grete, die Katz,
Beschlich ihren Schatz.

Seit an Seit und Hand in Hand,
Schäferstündchen am stillen Strand.
Schmeichelnder Wind und schäkernde Wellen;
Faltergeschwirr im zitternden, hellen
Sonnengeflirr überm Dünenhang;
Irgendwoher ein verwehter Klang,
Glockenklang,
Und Hundegebell und das klägliche Muh
Einer einsamen Kuh.

Auf dem Friedhof.

Kirchenschatten, Dämmernacht
Breitverzweigter Linden,
Kreuz und Kranz so überdacht
Und umspielt von Winden.

Glockenklang und Drosselschlag,
Hügel still an Hügel,
Drüber wiegt ein Sommertag
Sich auf goldnem Flügel.

Am Bahnübergang.

An der Barriere zum Halt gezwungen
Lief mein Blick längs den Eisenschienen.
Pustend und schnaubend aus feurigen Lungen,
Raste der eiserne Renner heran.
Funken schwärmten gleich zornigen Bienen.
Rasselnd folgte der Wagen dann
Endlose Kette nach, wie der lange
Wälzende Leib einer Riesenschlange.

Wie der Zug so vorübergesaust,
Griff er ans Herz mir mit rascher Faust:
Stehst hier und gaffst, komm mit, komm mit!
Bis ans Ende der Welt sind nur drei Schritt.
Und ich sah ihn verschwinden, weit, weit,
Sah die Welt in lachender Herrlichkeit,
Der Berge Kronen, der Thäler Grün,
Versteckte Dörfer, die Felder im Blühn.
Sah Städte und Ströme in sausendem Flug,
Bis des Oceans Athem entgegen mir schlug.
Und das Herz ward mir weit, und das Herz ward mir weit!
Auffahrend streck ich im Sehnsuchtsdrang
Die Arme nach dem entrollenden Klang
Des Länderläufers im Eisenkleid.

Da ächzt und krächzt die Barriere empor,
Und der bis ans Ende der Welt sich verlor,
Findet sofort mit gelindem Schreck
Sich wieder auf dem alten Fleck.

Sieht auf der andern Seite der Schienen
Ein blondes Kind mit Unschuldsmienen,
Ein menschgewordenes Sonnenstrahlchen,
Irgend ein Mienchen oder ein Malchen.
Das lacht mit hellen Augen heraus
Aus dem modischen Hut, groß wie ein Haus.
Trippelt die Kleine übers Geleise,
Streif' ich das Kleid ihr zufallsweise,
Seh' ihr ins Auge so obenhin,
Lacht eine ganze Welt darin.

Lange noch nach dem reizenden Kind
Sah ich mir fast die Augen blind,
Brach mir vom nächsten Busch einen Raub,
Ein Zweiglein mit erstem Frühlingslaub.
Sorgsam barg ich's im Taschenbuch. Oft
Soll's mich erinnern, wie unverhofft
Sich das Dirnlein ein Herz einfing,
Das schon auf Reiseschuhen ging.

Auf der Straße.

Einsamkeit bot ihren Gruß
Heute mir im Lärm der Gassen,
Wie verzaubert hielt mein Fuß,
Mensch und Tier vorbei zu lassen.

Braune Haide, schwarzer Wald;
Feld und Welt so still, so stille.
Fernhin jeder Laut verhallt,
Nur im Grase zirpt die Grille,

Überm niedern Heckenzaun
Lacht die Muse froherschrocken:
Kommst du? Um die Wangen braun
Schüttern ihr die schwarzen Locken.

Plötzlich Schelten roh und breit:
„Herr, so wahrt Euch doch, zum Henker!"
Schnell ein Sprung, und höchste Zeit.
Fern noch flucht der Rosselenker.

Die Zierliche.

Du Zierliche, Leichte,
Wenn ich dich erreichte.
Du Feine, Zarte,
Warte nur, warte.
Wenn ich dich fing'?
Solche zierliche Dinger
Faßt man mit Daumen und Mittelfinger,
Wie der Knabe den Schmetterling.

An Detlev von Liliencron.

Heute hatt' ich einen Festtag, einen Frohtag.
In den Federn lag ich noch, ich Siebenschläfer,
Als erschreckend mich, an meinem Klingelzug schon
Stürmisch riß der brave, schnauzige Stephansjünger,
Er, so mancher meistens unverhoffter Freuden
Unbewußter, mürrisch kalter Botenträger.
An die Thüre stürz' ich eins zwei drei auf Socken,
Stürze, stolpre, rutsche. Durch die schmale Spalte
Eine Handvoll „Post" reicht mir herein der Brave:
Briefe, Bücher, eine lange Notenrolle.
Ei, verflog der Schlaf, der halbwegs mich umfing noch.
Dennoch zog ich schnell zurück ins warme Bett mich.
In des Wintermorgens mattem trübem Frühlicht
Überflog ich schnell die reiche Stephansspende,
Brach das Brieflein: „Viel zu kalt ist's heute," schrieb mein
Mütterchen, „für unsre Domfahrt, und ich schone
Lieber mich zum Feste." — Aus der schlanken Rolle
Zog die ersten fünf ich von den drei und fünfzig
Mörikegesängen Hugo Wolf's, den unlängst
Du begeistert mir gepriesen nnd in deinem
Neusten, prächtigen Versebuch: „Der Haidegänger"
Kräftiglich in deiner kernigen Art besungen.
Und da war er selbst in seinem gelben Kleide,
Kam mit einem gelben Zettelchen, auf welchem
Zier geschrieben: „Mit ergebenster Empfehlung
Vom Verleger überreicht." Schon hatt' am Abend
Fröhlich ich für ihn das Portemonnaie gezogen
Und mit meinem Federmesser alsogleich ihn
Untersucht nach wahren, echten Dichtergaben.

Zwei der edlen „Gänger" stehen nun im Stall mir,
Bücherstall: so nenn' ich meinen kleinen gelben
Schrank. Einst war es Mutter's Wäscheschrank. Jetzt stehen
Drin in Reih und Glied geordnet (Schöne Ordnung!)
Groß und kleine und berühmt und unberühmte
Teutsche Dichter, die ja, wie bekannt, nur schreiben
Tapfer fleißig für ihr Volk, auf daß es schmunzelnd
Sie und stolz als höchste nationale Güter
In den Schrank stellt! Aber Freund, sei ohne Sorge,
Eins von deinen Haidegängerbüchern mag drin
Neben Goethe, Schiller, Platen, Lenau, Reuter
Neben Bibel uud Fürst Bismarck Ruhe pflegen,
Von dem Schreibtisch kommt mir nicht das andre eher,
Bis ich Vers für Vers zu eigen mir gemacht hab'.
Kommst du, wie du ja versprochen, gleich nach Neujahr
Auf die Bude mir, so will für alles Schöne,
Das seit letztem Sommer ich dir danke, herzlich
Beide Hände ich dir drücken. Und dann singst du
— Denn mir ahnt: Du singst, verstehst zu singen — jene
Schönen Lieder mir vom neuen Liederkönig
Hugo Wolf. Vor allem das entzückend lust'ge
Lied vom Knaben mit dem Immlein. Ach, ich selber
Singe nur in Tönen wie ein Nebelhorn, das
Mitternächtig ruft bei trübem dicken Wetter
Angst und Graun im Herzen wach der Passagiere,
Die mit Zagen denken der Gefahr, davon sie
Einzig nur des Schiffes dünne Planken trennen.
Heute noch dazu quält mich ein Riesenschnupfen:
Schnaufend, niesend, kröchelnd, ächzend schreib ich diese
Seltsame Epistel an dich nieder, während
Draußen, Omuletten gleich dick überzuckert,

Alle Dächer tragen frischen Winterschmuck, denn
Schon seit frühem Morgen schneit es unaufhörlich
Auf die Dächer, Straßen, Plätze und die grünen
Waldentführten Weihnachtsbäume. Wenige Tage
Noch, und auch in meiner kleinen Klause leuchtet
Solch ein lichtgeschmücktes Bäumchen mir zum ersten
Frohen Christfest an dem eignen Herd. Wie köstlich!

Und du Böser wolltest einst mich sorglich warnen
Keinem Weib zu fest ins schlaue Garn zu gehen,
Denn die leidigen Ehefesseln brächten wenig
Freude einem teutschen Dichter. Nun, am Ende
Bin ich gar kein Dichter, denn fürs erste schmeckt mir
Noch die Ehe wie ein Honigkuchen, d'rauf mit
Weißen Mandeln eingelegt ein schönes Herz ist.

Doch, gewiß, ich weiß ja, Ehe ach und Ehe!
Aber daß nun meine Frau so übel gar nicht
Und ein dichterfreundlich Herz hat, zeigt allein schon,
Daß trotz jener Warnung sie nicht schmollt mit dir und
Ihren „Ersten" — wenn das Störchlein nicht vergißt
                                                 drauf —
Detlev nennen will: Hans Detlev. Heute schickt sie
Dir besondern Gruß und Dank durch mich für deinen
Allerliebsten „Puppenhimmel." Damit, Bester,
Gott befohlen. Und ein frohes, schönes Christfest.
Gleich nach Neujahr hoff' ich dir die Hand zu drücken.

Unnötig.

Ging ich durch das hohe, reife Roggenfeld,
War voll Morgensonnenschein ringsum die Welt.

Durch die gelbe, blanke Sommerherrlichkeit
Wand versteckt der Weg sich und nur furchenbreit.

Kam in leichtem Wiegeschritt von ungefähr,
Sprang das Herz mir hoch, ein braunes Dirnlein her.

Kannt' am krausen Singsang es von weitem schon,
Keine andere hat den hellen Lerchenton.

Kannt' von weitem schon sein krauf' und fuchsrot' Haar,
Das im Sonnenflimmer flammend Feuer war.

Wenn ein Bursch im hohen, reifen Ährenfeld
So auf schmalem Weg versteckt sein Mädchen stellt,

Braucht's zu sagen da noch Dichterplaudermund,
Was geschieht hernach? Wem wär's nicht selber kund?

Tein Penn.

„Tein Penn man, Herr! — Herr, man tein Penn.“ —
Was hatte
Das Herz verhärtet mir, daß rauh ich wehrte
Mit kaltem Nein? — „Herr, man tein Penn be Blomen.“
Kornblumen waren's, und das letzte Sträußchen.
Und Angst im Herzen vor den Schelten, Schlägen,
Die dein vielleicht zu Hause harrten, liefst du
Ein Streckchen mit noch: „Herr, tein Penn man, Herr.“
Und schwächer dann und schüchtern von der Mitte
Des Fahrdamms klang es noch einmal: „Tein Penn.“

War's Scham, einmal gesprochenes umzustoßen,
Daß ich das schroffe Nein nicht widerrief?
War es das wunderliche Fühlen wieder,
Das nie mich ohn' Erröten geben läßt
Auf offner Straße, vor der Leute Augen?
Kommt an mein Haus. So zwischen Thür und Pfosten,
So durch die Spalte, zehnmal zehn „tein Penn,“
Mit frohem Herzschlag schnell und gern gegeben.

War's das? Der Abend war doch schon so dunkel.
Der Regen rieselte und barfuß standest
Im Schmutz der Straße du und batst „tein Penn“,
Und batst umsonst, indeß an meinem Arm
Ein liebes Wesen sprach von Eingemachtem,
Von Preißelbeeren, Gurken und Gelee,
Und teurem Zucker. War mein Herz versteint,
Daß ich nicht gab? Nun hör' ich bittend immer:

„Tein Penn man, Herr!" und schäme mich. Du aber,
Wie oft umsonst noch, Kleiner, wirst du rufen:
„Tein Penn man, Herr!" und mancher, der dich scheuchte
Mit barschem Nein, geht heim vielleicht und liest
„Bellamys Rückblick," nickt und seufzt: „Der Träumer!
Ja, wenn wir Menschen keine — Menschen wären."

Tanzlied.

Lachendes Kind, drolliges Kind,
Blitzblick und Grübchen in Wangen,
Nur einen Walzer noch. Nicht zu geschwind.
Seliges Wiegen so, la la la la la la
Will es im Himmel nicht besser verlangen.

Munter im Kreise. Bald sind verstummt
Brummbaß und Fiedel und Flöten.
Eh' uns der Werkeltag wieder umsummt,
Nur einen Walzer noch, la la la la la la
Warum unschuldige Fröhlichkeit töten.

Mutter, bevor sie den Vater nahm,
Hat es nicht anders getrieben.
Wenn nach der Arbeit der Sonntag kam,
Ach, einen Walzer nur, la la la la la la
Und nun sollt' es die Tochter nicht lieben.

Taschen voll Lebenslust, Geld grab' genug,
Gilt noch ein Zaudern, ein Fragen?
Fangen wir heute die Freuden im Flug,
Nur einen Walzer noch, la la la la la la
Morgen heißt's wieder sich placken und plagen.

Ein Gang durchs Fischerdörfchen.

Wenige Hütten, gedeckt
Mit überragenden Schindeln.
Manche versteckt,
Wie's Kind in den Windeln,
Hinter Apfelbaumgezweig
Und gegen den Steig
Von hohen Dornen eingeheckt.

Vorm Haus,
Kraus
Zwischen Kraut und Nesseln,
Nelken und Georginen;
Hinter den Fenstern und Gardinen
Geranien, Golblack und wieder Nelken,
In Scherbenfesseln
Bestimmt zu welken.

Fischergerät, Netze und Schnüre
Vor jeder Thüre;
Hin und wieder ein frommer Spruch,
Und überall Fischgeruch.

Im Sonnenbrande
Spielende Kinder im Sande,
Schmutzig und putzig,
Halb scheu und stutzig,
Halb dreist,
Und barfuß zumeist.

3*

Auf niederm Sitz
Der Schwelle hingeduckt
Ein altes Mütterchen hockt.
Kartoffel schälend guckt
Sie her und lockt
Mit zitterndem Stimmchen aus zahnlosem Mund
Den klaffenden Hund:
Komm Spitz!

Eine Gänseherde schnattert vorbei.
Ein Mädchen vollbusig und brall,
Bringt eine Ziege zu Stall,
Oder auf die Wiese.
„Was macht der Schatz, Liese?"
Wie verschämt sie thut. Ei,
Und sich umsieht und lacht.
Nimm dich in acht!

Vorm Wirtshaus Entengeschwatz
Auf dem grasbewachsenen Platz
Und daneben
Auf dem übelriechenden Teich,
Soeben
Krähen zwei Hähne zugleich
Und die Störchin vom Scheundach herab
Klappert: klappklappklapp!
— Klapp!

Schwalben schießen wie Pfeile
Kreuz und quer über den Weg,

Haben immer Eile,
Sind immer reg,
Zierlich und schlank,
Blitz und blank.

Aus dem Schulhaus,
Neu aus roten Ziegeln erbaut,
Schallt's hell heraus:
„Weißt du, wie viel Sternlein stehn —"
Der alte Lehrer singt für zehn
Und fiedelt dazu.
Hartnäckig dazwischen brüllt eine Kuh
Von naher Wiese, immer gleich kläglich.
Es ist unerträglich.

Weiter, beim Kirchhof zum Dorf hinaus,
Das letzte Haus sieht wie das erste aus:
Klein, dürftig und schmutzig.
Auf niedrigem Kirchdach kauert,
Wie versauert,
Als ob er die Lust an der Welt verlor,
Der Turm, gar putzig,
Mit runder Haube,
Und lugt aus dem Laube
Breitästiger Linden grämlich hervor.
Über die Friedhofsmauer hängt,
Die Wurzel zwischen die Quader gezwängt,
Schwarzgrüner Epheu und höher, im Hauch
Des Windes, wiegt sich am Strauch
Ganz leise, leise
Eine dunkelrote Rose.

Sicilianen.

(Mittagsstille.)

Am Strande, halb umplätschert von den Wellen,
Ein Toter, ein Ertrunkner, drüber neigen
Zwei junge Birken schattend sich im hellen
Glühheißen Mittag mit den zarten Zweigen.
Ein Pinscher, auf der Jagd nach einer schnellen
Ruhlosen Uferschwalbe, stutzt: Wie eigen!
Ein Mensch. Im Schlaf? — Scheu flieht er ohne Bellen,
Und nicht ein Laut stört rings das tiefe Schweigen.

(Behüt' dich Gott.)

Ihr zartes Stimmchen sang mit viel Gefühl:
Behüt' dich Gott, es hat nicht sollen sein.
Im Garten draußen, sonnig, mittagsschwül,
Saß überm Buch ihr jüngstes Schwesterlein.
Im Saal war's kirchenschattig, kirchenkühl
Um diese Zeit. Wir waren ganz allein
Und sangen sittsam und mit viel Gefühl:
Behüt' dich Gott, es hat nicht sollen sein.

(Im Schatten.)

Goldregen überdacht, umblüht von Flieder,
Ein blasser Backfisch. Lässig, in Gedanken,
Streut Brocken Brots er piepsendem Gefieder,
Dem Sperlingsbettelvolk. Dies Zerr'n und Zanken.
Ein müder Blick im Frieden dunkler Lider,
Die schmalen, gelben Wangen einer Kranken,
Geküßt von flüchtigen Lichtern hin und wieder,
Wenn leis im Wind die leichten Zweige schwanken.

(Was bleibt?)

Noch bin ich jung und hoffe Kranz und Blüten,
Das Leben lacht, ein Feld im Sommersegen.
Noch fühl' ich Kraft, wenn Kampf und Stürme wüten,
Noch schlägt den Dirnen heiß das Herz entgegen.
Wie bald, und welke Kränze gilt es hüten,
Ängstlich die letzten Flackerflämmchen hegen,
Dann Asche, Asche, wo sonst Flammen sprühten,
Die wird der Tod zum andern Kehricht fegen.

(Sonntagmorgen.)

Ein müder Greis im Schatten staubiger Hecken,
Das Brot verzehrend, das ihm Reiche gaben.
Vor ihm, fruchtschwer, die goldnen Segensstrecken
Schnittreifer Felder. Schnelles, plumpes Traben:
Der Bauer fährt mit seinen feisten Schecken
Im Sonntagsstaat zur Kirche. Sein Behaben
So satt, zufrieden. Wolken Staubs verdecken
Das Herrenbild dem Bettelknecht im Graben.

(Pfingsten.)

Maisonnentag und fröhliche Gesichter.
Wie Lachen liegt es in der Luft und Scherzen.
Duftwolken ziehen. Tausend bunte Lichter:
Syringen, Rotdorn, der Kastanie Kerzen. —
Bourgoisphilister: Frohgenußvernichter,
Geldprotz auf Rädern, reitende Kommerzen,
Zu Fuß im Staub zwei junge deutsche Dichter
Mit leerem Beutel und mit vollem Herzen.

In der Fabrik.

Sah ich eine Weile zu,
Wie die Funken stieben;
Räder, Riemen ohne Ruh
Durch den Tag getrieben.

Hört' ich eine Weile, wie
Die Maschinen stöhnen,
Unter ihrer Melodie
Alle Pfosten dröhnen.

Stampf und Stoß und Surr und Summ
Machten mich beklommen,
Ging zum Thor hinaus ich stumm,
War so froh gekommen.

Draußen sah in Staub und Ruß
Ich ein Mädchen stehen;
War so eben flügge. Muß
Jugend so vergehen?

Fort! nur fort! Schon grüßt mich hoch
Freier Wipfel Brausen,
Aber immer hör' ich noch
Rädersurrn und =sausen.

Regentag.

Der Regen fällt. In den Tropfentanz
Starr ich hinaus, versunken ganz
In allerlei trübe Gedanken. Mir ist,
Als hätt' es geregnet zu jeder Frist,
Und alles, so lange ich denken kann,
Trüb, grau und naß in einander rann,
Als hätte es nie eine Sonne gegeben,
Als wäre nur immer das ganze Leben,
Die Jahre, die Tage, die Stunden all,
Ein trüber, hastiger Tropfenfall.

Geheimes Graun.

Hälst den Atem,
Starrst in die Luft.
Siehst du was? Horchst du?
— Ja doch! es ruft.

Lautlose Stille,
Nirgend ein Muck!
Narren dich Träume?
Neckt dich ein Spuk?

Laß mich! Aus Weiten
Kommt es heran.
Jetzt — wie mit Geisterhand
Faßt es mich an.

Faßt dich? du zitterst!
Sprich, was dich schreckt,
Was dir die Wange mit
Blässe bedeckt.

Frage nicht! Schweige!
Was es auch sei —
Grausend, geheimnisvoll
Schritt es vorbei.

Fußwaschung.

Welch Traum doch nur: Ich auf den Knien vor dir
Das Tuch bereit in halb erhobenen Händen,
Und du den nackten weißen Kinderfuß,
Die Rechte raffte leicht den Saum des Kleides,
Ganz ohne Scheu entgegenstreckend mir.
Das liebe, blonde Köpfchen sanft geneigt,
Mit unschuldsvollem, reinem Kinderlächeln.
Und mit den großen grauen schönen Augen
Anleuchtend mich, mir in die Seele leuchtend,
Als wolltest ein Geheimnis du erforschen.
Und alles so naiv, so unbefangen,
Ein traumbelebtes, holdes Heiligenbild,
Wie es die alten frommen Meister malten.

Wie kam in meinen Schlaf nur dieser Traum?
So rein, so keusch hätt' nie der Wachende
Ein Wort, ein Bild gefunden für sein Lieben:
Zu deinen Füßen so in niedern Dienst,
Wie nach des Herrn und Heiland hohem Vorbild
Noch vor der Ärmsten heut' zur heiligen Zeit
Der Christenheit geweihter Kronenträger
Den Scheitel neigt in selbstgewollter Demut.

Verstehst du diesen Traum, verstehst ihn ganz,
Der mich beglückt noch Tag und Tage lang
Und mich erröten läßt in zarter Scham?

Aus fernen Tagen.

Ganz ohne Anlaß kommt Erinnerung,
Wie aus des Himmels weitem leerem Blau
Verschämt ein rosig Sommerwölkchen taucht:

Still lag der Wald, still lagen Feld und Weg,
Darüber schon sein Sternentuch der Abend
Von einem Ende bis zum andern spannte.
Kein Hauch, kein Laut. Nur aus der Ferne manchmal,
Weit hinter uns, das ganz gedämpfte Lachen
Zurückgebliebener trunkener Genossen.
Zwei, drei der Pärchen vor uns, weit voraus,
Denn eine schmale, schwarze Wetterwand
Am Horizont trieb Ängstliche zur Eile.
Und wir allein so zwischen Wald und Feld
Und schweigsam wie das Schweigen um uns her.

Da murrte leise übers Feld, ganz leise
Der erste Donner und erschrocken schmiegtest
Du näher dich mit sanftem Druck mir an.
Und wie ein Zittern lief's von deinem Arm
In meinen über und mein Herz schlug schneller.

Und wieder übers Feld das leise Murren,
Ein kurzer Blick, halb schreckhaft, halb verschämt
So voller rührend scheuer Kinderangst
Traf mich aus deinen großen blauen Augen
Und fragte deutlich: Find' ich Schutz bei dir?

„So ängstlich, Fräulein?" neckte ich und drückte
Wie zur Beruhigung die kleine Hand
Und hielt sie fest, und spielte mit den Fingern
Und fühlte durch den Seidenzwirn des Handschuhs
Das warme, junge warme Leben pulsen.

Und wieder übers Feld ein Murren, lauter
Und länger wie zuvor, und wieder drauf
Dein sanftes taubenscheues Anmichschmiegen.

War's die Gewißheit eines leichten Sieges?
Weit breitete die Leidenschaft auf einmal
Die starken Schwingen und ein Falke stand
Sekunden sie, ganz Auge, ganz Begierde.
Stoßsicher über ihrem scheuen Opfer.

Da brach in jähem flirrendem Zickzacklauf
Der erste Blitz aus seiner dunklen Burg.
Erschrocken sank mir der erhobene Arm,
Der schulternah zum Kuß dich schon umfaßte.
Die ersten schweren, großen Tropfen fielen,
Und hinter uns in Eile nahten sich
Die aufgeschreckten trunkenen Genossen
Und mischten ihr Gejohle in das Grollen
Des Donners, der im Walde fern erstarb. —

Ohn' Anlaß kam mir die Erinnerung,
Wie aus des Himmels weitem leerem Blau
Verschämt ein rosig Sommerwölkchen taucht.

Nachtgang.

Lautlos am umbuschten Weiher
Wandelt durch das Gras die Nacht,
Hinter ihr, ein feuchter Schleier,
Heben sich die Nebel sacht.

Weite, weite stille Strecken
Mag sie wie im Fluge gehn.
Zwischen Felder, zwischen Hecken
Seh' ich ihren Schleier wehn.

Wälder, Gärten, Dorfgelände
Streift ihr leiser, steter Gang.
Nur am Friedhof ist's als stände
Sinnend sie sekundenlang.

Warf sie jene schwarze Rose
In des Todes still Geheg?
Taufeucht fand die heimatlose
Ich früh morgens dort im Weg.

Mein Weg.

Hab' erst einen großen Anlauf genommen,
Wollt' gern eine Strecke vorwärts kommen,
In Sprüngen das hohe Ziel erreichen,
Das winkte mit seinen leuchtenden Zeichen.
Da blieb ich verschnaufend einmal stehn,
Prüfend vor- und rückwärts zu sehn.
Gleich sank der Mut mir. Sei nicht dumm,
Dacht' ich, und kehre wieder um.
Soll's deinen kurzen Beinen gelingen,
Mußt all dein Lebtag laufen und springen.
Schone die Lunge und gehe hübsch sacht,
Wie es der große Haufe macht.
Auf einmal aber fängt's an zu zwicken,
Zu reißen, zu zerren wie mit Stricken,
Daß ich wieder, als gält's mein Heil,
Mit allem Eifer vorwärts eil'.

So hab' ich's denn noch weiter getrieben,
Und bin ich manchmal stehen geblieben,
Stets hat ein inneres Zerren und Reißen
Mich von der Stelle packen heißen.
So bin ich denn, alles in allem genommen,
Eine gute Strecke vorwärts gekommen,
Schier ohne Verdienst und halb geschoben.
Da ist denn weiter nichts zu loben.

Glück.

Ich vor dem Schreibtisch gedankenschwer,
Du vor dem Heerd im hin und her,
Sorgen wir beide den Boden zu nähren.
Heimlich reifen unsere Ähren.

Ruhen die Hände und halt' ich dich fest
Abends, du Gute, ans Herz gepreßt,
Ist mir's, als hört' ich ein Rauschen und Regen:
Feld an Feld in blühendstem Segen.

Zufriedene Stunde.

Zufriedene Stunde. Durch die offne Thür
Kommt vom Balkon die milde weiche Luft
Des niedergehenden Septembertages
Und, minder mild, der Lärm der Straße: Kreischen
Von Knaben, die sich balgen; helle Stimmen
Der kleinen Mädchen, Ringelreihe tanzend;
Das scharfe Kläffen meines Nachbarhündchens
Und dann und wann der tiefe Polterbaß
Des Milchmannshundes. Auch das Läuten trägt
Der Pferdebahn zu mir der schnelle Schall,
Und, dumpfer, von der nahen Alster her
Den kläglich heisern Ton der kleinen Dampfer.

Zufriedene Stunde. Auf den Knieen das Buch,
„Jenseits von Gut und Böse" nennt der Vater
Sein wunderbares Kind der Einsamkeit,
So auf den Knien das aufgeschlagene Buch,
Laß' ich den wirren Klang des Lebens lächelnd
Die zarten schüchternen Gedanken mir
Zurück ins dunkle Nest der Seele scheuchen.

Zufriedene Stunde. War ich je so fröhlich,
So herzensstill, so gütig? Oftmals schon
Schlug ich die Thür mit leisem Fluche zu,
Wenn so von draußen mit der plumpem Faust
Der wüste, rohe Lärm des Tages griff
In meine zarten feinen Seelenfäden,
Das kaum begonnene Gespinst zerstörend.
Doch heute kann ich's lächelnd dulden. Seltsam.

Zufriedene Stunde. Ohn' warum, wozu.
Du dreimal Glücklicher, dem jeder Tag
Bringt solche Stunde, solche Stunden wohl.
Und giebt's nicht Glückliche, die immer so,
So fraglos, leben hin ihr ganzes Leben?
Ein wirrer Ton, ein unbestimmter Klang
In all den wirren, unbestimmten Klängen
Der wundersamen Lebenssymphonie,
Füllstimmen nur im wuchtig lauten Tutti.

Zufriedene Stunde. Oder nicht? Ist Schlaf
Nur diese Stille, diese satte Stimmung,
Die wunsch- und fraglose? Wie? Nicht Glück?
Nicht Glück für mich? Wenn sich dem wirren Lärm
Nun hell und klar, wie rieselnd Gold, entringen
Die zauberhaften Solostimmen wieder,
Die feinen ·kirrenden Zauberflötentöne?
Und in dem stillen dunklen Rattennest,
Das meine Seele nenn' ich, wird's lebendig
Und läuft und springt und drängt und pfaucht und pfeift?
Nein! tutti tutti! forte! con fuoco!
Recht brausend, lärmend, alles übertäubend!
Bum bum! tam tam! Nicht diese zarten, feinen
Geheimnißvollen Rattenfängersoli.

Zufriedene Stunde, stille, satte Stunde!
Ganz ohne Wunsch die eingelullte Seele,
So ruhefroh, so flach, so unbewegt —

Die Drei.

(An Max Klinger).

Was willst von mir du, dürr Gebein?
Mußt wohl vorüber gehn.
Ich bin der Ruhm, bleib' trutzig stehn,
Die Ewigkeit ist mein.

Ich bin der Tod, hab' groß' Gewalt,
Nur du bist mir entrückt.
Doch deinen stolzen Hals gebückt,
Auch dir wird Ziel und Halt.

Kannst du's nicht setzen, sag', wer dann?
Mein Weg geht herrlich fort.
Doch welch ein grausig Weib steht dort?
Es schreitet dröhnend an.

Ich bin die Zeit, mein Fuß zertritt,
Was nicht der Tod zertrat.
Auch du bist nun gereifte Saat,
Und so stampft dich mein Schritt.

Laß ab! mein leuchtend Flügelkleid,
Die Schwingen, weh, zerknickt.
So schmählich in den Sand geschickt,
Ein Fest dem scheelen Neid.

Muß unter deinem Eisenschuh
Mein Stolz und Glanz vergehn,
Und darf der Pöbel gaffend stehn?
Schnell, mach ein End, tritt zu!

4*

Würfelspiel.

Zieh mir zum Frommen ich die Summe aller Tage,
Wie vieler ward ich froh, wie viele brachten Plage?
Wie oft im Würfelspiel warf ich des wilden Lebens
Der Augen grad' genug, wie oft warf ich vergebens.
Stoß' ich den Becher fort und scheide aus dem Spiele?
Was soll der Knöcheltanz auf harter Lebensdiele?
Der Mühe wert ist nicht, was uns die Würfel bringen.
Am Ende läßt der Tod kein Körnchen ab sich dingen.
Er winkt, und du mußt fort, gewinnend, wie verlierend,
Im warmen Zobelpelz, in dünnen Lumpen frierend.
Was hast du denn gehabt, um was dich abgeplagt,
Daß deines Leibes Rest die Gier der Würmer nagt?
Kann auch die Seele einst in Gottes Himmel kommen,
Hat sie vorher doch meist der Teufel schon genommen.
Er ist auf Erden Herr, weiß alles wohl zu machen,
Stellst du mit ihm dich gut, wird der Gewinn dir lachen,
Dem sanften Himmelsknecht im frommen Flügelkleide
Bist du verlierend nur die rechte Herzensweide.
So ist die Wahl dir leicht, dem Satan schwörst du zu,
Für eine Hand voll Glück giebst deine Seele du.

Zu ihr!

Zu ihr! zu ihr! Es schlägt das Herz
Mit dreifach schnellen Schlägen.
O hätten Schwalbenflügel doch
Die Sohlen auch, die trägen.

Zu ihr! zu ihr! Schon bin ich da.
Wird sie wohl meiner warten?
Ich spähe um das Haus herum
Und durch den ganzen Garten.

Zu ihr! zu ihr! Um Busch und Beet
Mach' ich mich auf die Suche.
Deckt meinen Schelm mit ihrem Stamm
Die junge Frühlingsbuche?

Dort in der Hütte, regt sich's nicht?
Gefunden, ja gefunden!
Schon hat sie den verliebten Narr'n
Mit weichem Arm umwunden.

Schon herzt sie mich, schon küßt sie mich.
O Mädchen, dies Entzücken,
Von deinem sechzehnjährigen Mund
So Kuß um Kuß zu pflücken.

Gold, wenn ich's hätte.

Gold, wenn ich's hätte,
Das große Los!
Ob ich mir ein Reitpferd hielte?
Einen Viererzug?
Ob ich mir ein Rittergut kaufte?
Vielleicht gründete ich ein Asyl
Für verarmte Börsianer
Oder invalide Rennpferde,
Vielleicht kaufte ich Schopenhauers
Gesammelte Werke.
Ich thäte noch viel mehr,
Schöneres, Edleres:
Ich rauchte eine bessere Cigarre,
Und gäbe meiner Frau
Hundert Mark,
Tausend Mark Wochengeld.
Vielleicht auch hielt' ich eine zweite Frau,
Ein kleiner Pascha,
In jedem Stadtviertel eine.
Vor allem aber
Würde fromm ich, sehr fromm,
Und ließe für Sankt Marien
Ein Altarbild malen:
Christus,
Die Schächer zum Tempel hinausjagend.
Aber ein Realist sollt' es malen,
So einer mit großen, wahren Augen,
Der die Dinge sieht, wie sie sind,
Ohne Heiligenschein.

Christus,
Mit dem heiligen Feuer des Zornes,
Verachtung im edlen Antlitz,
Das derbe Tau in der strafenden Hand,
Und vor ihm geduckt,
Zitternd, stolpernd, fluchend, greinend,
In Kaftan und Frack,
Schmierig außen und innen,
Oder nur innen,
Und außen parfümiert und geschniegelt,
Alle die edlen Seelen,
Die hundert Prozent nehmen;
Die Kaffeeschwindler mit scheinehrlichem Gesicht;
Die Buttermanscher mit den angesehenen Bäuchen;
Die Gotteswortfälscher
Mit den gleichfalls angesehenen Bäuchen,
Und noch viele andere.
Und einige Leute,
Die ich besonders hasse,
Die sollten mir ganz vorne abkonterfeit werden,
Ganz so ehrlich, tugendhaft,
Mit Pharisäerlächeln,
Wie ich täglich sie sehe.
Aber das Genie meines Realisten
Ereilte sie mit heiliger Vergeltung,
Und durch Farbe und Lack,
Durch Dünkel und Lächeln
Grinste ihr hohles Nichts,
Deutlich,
Man könnte es mit Händen greifen.

Gold wenn ich's hätte,
Das große Los.
Kein Reitpferd, keine Maitresse.
Kein Asyl
Für Opfer unserer modernen Wirtschaftsordnung,
Freiheit, weite gold'ne Freiheit.
Fort! irgendwohin,
Nur fort!
In die Einsamkeit?
In die Haide?
Oder aufs Weltmeer hinaus
Auf wiegender Planke?
Oder durch die stille,
Herzüberschauernde Wüste
Auf stelzendem Kamel?
Freiheit. Welt. Nur fort.
O, der kleine lächelnde Jude,
Den ich neulich auf der Pferdebahn traf,
Wie ich ihn beneide,
Diesen kleinen schmunzelnden Israeliten,
Der Konstantinopel gesehen hatte,
Roßschweife, Harems, das goldne Horn,
Und andere Hörner.
Wie ward das Herz mir groß
Bei seinem Erzählen.
Und er war nur ein Kaufmann,
Reiste vielleicht
Mit wollenen Unterhosen,
Patentierte Jäger,
Oder mit Wiener Schuhwaren,
Und ich, ich bin ein Dichter

Und würde mit meiner Muse reisen.
O, meine Muse.
Neulich noch schalt sie mich,
Daß ich sie versauern ließe,
Stubenhockerisch.
Sie hätte keine Lust,
Eine alte Hutzel zu werden.
Sie bedürfe Bewegung,
Luftveränderung,
Zerstreuung,
Nahrung.
Von Hamburger Rauchfleisch allein
Könnte sie nicht leben.

O, meine Muse,
Ich weiß,
Du bist schlecht daran,
Sehr schlecht.
Dir fehlt es am Nötigsten
Zu deiner Entwicklung,
Du wirst ewig
Bleichsüchtig bleiben
In der stickigen Stadtluft,
In der Misere
Des täglichen Lebens.
Glaube, das Herz thut mir weh darob,
Aber ich kann dir nicht helfen.

Gold, wenn ich's hätte,
Das große Los.
Ja, wollt' ich dich halten.

Herrlich solltest du sein,
Eine Fürstin,
Getränkt mit dem Nektar der Freiheit,
Gespeist mit dem Brot der Freiheit,
Groß, heiter.
Wie es Göttern geziemt und Göttinnen,
Gingst du mit Siegesschritten, Tanzschritten,
Über Länder,
Über Meere,
Brächest Rosen
Aus dem glutflammenden Nordlicht
Und schöpftest Diamanten
Mit hohler Hand
Aus den flimmernden Feldern
Des Südpols.
Aus den Tiefen der Meere
Drängten sich jauchzend
Die Wunderwesen entgegen dir,
Tritonen nnd Nereiden,
Und lachend,
Daß es widerhallte durch alle Himmel
Neigten aus Sternenhöhen
Selige Scharen sich
Entgegen der Schwester.

O, meine Muse.
Ich bin nur ein armer,
Stundenlaufender Klavierlehrer,
Verheiratet,
Ohne Vermögen,
Und bitter büße

Den Übermut ich,
Daß ich mir den Luxus gestatte,
Mir eine Muse zu halten,
Die ich nicht ernähren kann,
Nicht standesgemäß ernähren kann,
Wie es sich für Musen gehört.
Nun welkst du hin,
Blutarm,
Und kränkelst in Sehnsucht
Und Heimweh.

O, meine Muse,
Gold, wenn ich's hätte,
Das große Los.

Mein Mathematikus.

In der Tertia war's, in der Mathematikstunde,
Da ward mir aus deinem Professorenmunde
Der erste Hohn für mein Dichten verabreicht.
Ein Jugendeindruck, der bis ans Grab reicht.
Noch heute seh' ich bei jedem Gedichte
Dein mathematisches Professorengesichte
Mir über die Schulter grinsen und lachen:
Kann nicht rechnen und will Gedichte machen.

An gewiſſe Virtuoſen.

Die Welt iſt ungerecht.
Hans Schlau, der ſich empfahl
Mit ſeines Nachbars altem Tiegel,
Ihn ſetzt man, weil er ſtahl,
Flugs hinter Schloß und Riegel.
Und ihr, die ihr ſo oft
Mit eurer Fingerfertigkeit
Dem lieben Gott die Zeit,
Den Nachbarn ihre Ruh' geſtohlen,
Ihr lauft noch frei umher.
Möcht' euch der Satan holen.

Abend an der Elbe.

Leise ebbt der Strom. Im Schlick
Ragen plumpe Fischerkähne
Draußen gleiten, stille Schwäne,
Mit den weißen Segeln andre.
Und die Strecke überwandre
Breiter Bahn ich mit dem Blick
Bis ans niedere Gelände
Drüben, wo sich Wiesen breiten,
Wo die bunten Kühe schreiten
Zwischen üppigem Krautgestände,
Und die groben Weidenköpfe,
Knorrig, bissig, Sauertöpfe,
Wie im Zorn die Haare spießen.
Weiter oben sammeln, schließen,
Wie ein Wall, sich grüne Wipfel
Um das Dörfchen. Höchste Gipfel
Zeigen Pappeln. Nur der Hahn
Auf des Kirchleins golb'ner Spitze
Sieht von einem stolzeren Sitze
Rings die Welt sich aufgethan:
Weite unbegrenzte Fläche,
Segenstrotzend Feld an Felder,
Landmanns ungemünzte Gelber,
Wiesen, Moore, Waldesränder.
Und dazwischen blaue Bänder,
Die Kanäle, Weiher, Bäche.

Aber unten, ihm zu Füßen,
Sieht er weiße Segel grüßen,
Schwarze Schlote niedergleiten.

Kommen, Gehen. Aller Weiten
Unsichtbare Fäden weben
Nach verborgenem Gesetze,
Dort an einem Riesennetze.
Und es trägt der Strom das Leben
Ruhig zwischen Uferbreiten,
Die zum Meer sich mählich weiten.

Leis zum Strande rinnt die Welle
Und die schwanke Binse schmiegt sich,
Windet sich und bebt und wiegt sich.
Zwielicht wechselt ab mit Helle,
Wie sich vor der Abendsonne,
Eine schweifende Colonne,
Leichte Wolken hastig drängen,
Die auf ihren hohen Gängen,
Unter sich den Tanz der Wogen,
Über sich den Glanz der Sterne,
Kommen lautlos hergezogen,
Abgesandte welcher Ferne?

Aber tiefer, Wellenteiler,
Kraftbeschwingte Luftdurcheiler,
Tummeln sich im Auf und Nieder
Möwen mit dem Schneegefieder.
Wie um blaue Blumenkronen
Weiße Schmetterlinge flügeln,
Schaukeln ohne Schwingenschonen
Leicht sie über Wellenhügeln.

Zwischen Wasser, zwischen Himmel:
Segel, Vögel, ein Gewimmel

Regen Lebens, lautlos haſtend.
Und ich träume in dem Schweigen
Unter breiten Buchenzweigen
Hier am Ufer wohlig raſtend.
Stilles Glück der Ebbe. Ragen
Seh' ich aus vergangnen Tagen,
Bloßgelegt, was überbrauſen
Sonſt die Wellen. Und die hauſen
Heimlich in verſchwiegenen Reichen,
Kommen nun, die nixengleichen,
Mit den großen Schelmenblicken,
Mit der Luſt am Necken, Zwicken,
Allerliebſtes Ungeziefer,
So viel klüger, so viel tiefer,
Als die lärmenden Gedanken,
Die zur Flutzeit mich umzanken,
Und mit ihrem kecken Meinen
Herrn ſich meiner Seele ſcheinen.

Zum Rendezvous.

Kam er ober kam er nicht?
Sicher wird er meiner warten,
Lief von links die Katze auch
Übern Weg mir schon im Garten.

Zwar die Mutter fest und steif
Glaubt, das muß stets Unglück bringen,
Aber alte Leute sind
Wunderlich in solchen Dingen.

Kätzchen schlich ins Grüne nur,
Einen Vogel sich zu fangen.
Ach, mir ist der schönste schon
Längst und leicht ins Netz gegangen.

Wo sich aus dem Park ins Feld
Stehlen die umbuschten Wege,
Lief er eines Sonntags früh
Ahnungslos mir ins Gehege.

Dorthin hat er heute auch
Mich zum Rendezvous geladen.
Komm ich auch ein wenig spät,
Etwas Warten kann nicht schaden.

Allzupünktlich jetzt schon sein,
Kann den Herrn mir leicht verwöhnen.
Schmollt er, wird ein Küßchen schnell
Den verliebten Schelm versöhnen.

Vision.

Wie manches Weib umfing ich schon in meinen Träumen,
Das zu umarmen ließ am Tag die Scheu mich säumen.
Gelegenheit verflog, die Frucht blieb ungepflückt,
Was half's, daß mich im Schlaf ihr Schattenbild beglückt?
Dich aber sah noch nie im Traum ich, wie im Wachen.
Wo kamst du Hohe her, von welchem Strand den Nachen
Triebst du durchs tiefe Blau des Lüfteozeans?
Ein bläulich bleiches Licht war Herold deines Nahn's.
Ein leises Zittern ging vor dir durchs Äthermeer,
Dann schwebest du heran, ein Leuchten um dich her.
Wer bist du, stolz Gebild, im Sternenfunkelkranz?
Dein Leib — Licht oder Luft? — schien nur durchsichtiger
                                                Glanz,
Und doch hob sich mein Arm, ihn brünstig zu umfangen.
Bist Schein du nur, ein Trug, was weckst du mein Verlangen?
Vor deinem Angesicht müßt' sich ein Engel beugen,
Die reinere Himmelsglut dir demutvoll bezeugen.
Doch schickt von seinem Thron des Flügelheers Beseßler
Die frommen Boten als Verführer aus und Quäler?
Hätt' Satan dich gezeugt, kämst du von seinem Hofe,
Der Hölle listig Kind, der Sünde saubere Zofe?
Nun lauf' ich durch den Tag ein wacher Träumer hin,
Begierdekrank das Blut, vergiftet jeder Sinn.
Wie eine Melodie uns peinigt und nicht scheidet,
So läßt dein Bild mich nicht, das alles mir verleidet.
Schließ' ich die Augen, stehst du vor mir, herrlich Weib,
Geöffnet suchen sie in jeder Dirn den Leib,

Der so mich hat entbrannt, und wenden ekel sich,
Wenn dir die schönste selbst wie Nacht dem Tage glich.
Der heilige Anton war wahrlich schlimm daran,
Ihn griff der Teufel mit verstärkten Kräften an.
War eine einzige nur von jenen Huldgestalten
So schön wie du, woher kam soviel Kraft dem Alten?
Ich hätte schwerlich wohl so standhaft können sein,
Hätt' Keuschheit eingebüßt dabei und Heiligenschein.

Singe Mädchen.

Singe Mädchen, dein Gesang
Ist ein flüchtig Schleierheben,
Deine scheue Seele zeigt
Unverhüllt ihr Blumenleben.

Seelen sind wie stille Seen,
Wer mag in die Tiefe dringen?
Nur vereinzelt sich ans Licht
Ihre weißen Rosen ringen.

Aus den lichten Kelchen steigt
Eine holdverschämte Kunde
Von den Schätzen, die sich keusch
Bergen auf dem stillen Grunde.

Herr Müller.

Er ward über Nacht ein berühmter Mann.
Die guten Leute starren ihn an,
Grüßen tief und zeigen mit Fingern:
Seht den, ist keiner von den Geringern.
Ein Fremder fragte nach seinen Thaten,
Da wußten sie sich nur halb zu raten.
Sein Name wär' Müller, gedichtet hätt' er,
Geniales, so schrieben es alle Blätter.
Zwar hätten sie's selber noch nicht gelesen,
Doch wär' es trotzdem sehr schön gewesen.
So sind sie! Wirb's schwarz auf weiß gesetzt,
Sie plappern es nach und glauben's zuletzt.
Aus eigener Meinung lassen sie selten
Was Rechtes gelten.

Die Bahnstation.

Rechts die Fabrik mit ragendem Schlot,
Und der Bahnhof, wie tot,
Mit hartem, kaltem Beamtengesicht.
Links, nur auf sandigem Wege erreichbar,
Einem Schmutzfleck vergleichbar
Im Landschaftsbild,
Die Glashütte. — Wild
Und wüst umher: Schutt, Scherben und Schlacken.
Ein Männerstiefel, zerlocht, ohne Hacken,
Und ein rostiger, zerbeulter Kessel
Feiern in Klee und Nessel
Unterm Heckengehege
Am Wege.

Arbeiterwohnungen, langgestreckt
Unter ein Dach gesteckt,
Weiß getüncht, doch sauber nicht,
Verfreundlicht von vollem Sonnenlicht.

Vor allen Thüren Kinder und Weiber.
Die Männer sitzen beim Zeitvertreiber,
Beim Bierskat oder die Kegelbahn
Hat's ihnen angethan.
Es ist Sonntag heute. Nach Wochenplag'
Will der Mann einen frohen Tag.
Die Weiber tragen immer ihr Pack,
Feiern zu Hause bei Kaffee und Schnack,
Haben immer zu thun,
Können selten ruhn.

Hahn, Hühner und Hennen
Mit piepſendem Völkchen ſcharren und rennen.
Unterm Zaun die große graue Katz'
Rückt nicht vom Platz
Und blinzt nach den Küchen.
Welch' Trippeln, Picken und Pflücken.
Auf dem Schutt, am Graben, am Weg, überall.
Bei jedem Haus faſt ein Hühnerſtall.
Auch Kaninchen mit weichen Fellen
Entſchlüpfen Verſchlägen, dummſchlaue Geſellen,
An den Ohren zurückgetragen,
Wenn ſie zu weit davon ſich wagen.

Scherbengeſtirr und =gefunkel,
Weibergeplauſch und =gemunkel,
Kinderſpektakel
Und Hühnergegakel
Überall.

Zwiſchen Fabrik und Fabrik der Wall,
Der Bahndamm mit blitzenden Eiſenſträngen,
Bekleidet mit blühenden Seitengehängen:
Heidekraut, Löwenzahn und kriechender Wicke
Abſeits im Knicke
Leuchten abblühender Dorn und Syringen.
Aus dem Gärtchen bringen,
Des Bahnwarts Gärtchen, Jasminbüſte.
So ſtill die Lüfte,
Keine Regung, kein Hauch,
Als wüßten ſie auch,
Daß Sonntag heute,
Ruhtag. — — —

— — — Geläute!
Ein Bahnzug donnert heran und hält,
Bringt Aufruhr in die kleine Welt.
In roter Mütze der Herr „Inspekter",
Die Schultern reckt er,
Würdebewußt und wichtig.
Wie nichtig
Erscheint sich der Kleine vom Dorf daneben.
Zum Abschied küßt er die Mutter soeben,
Die in die Stadt will, die Tante besuchen,
Halb denkt er an Bonbon und Kuchen
— Denn Moder bringt jümmers wat mit ut de Stadt —
Halb aber hat
Er Augen nur für das rote Tuch.

Der Zugführer wartet mit Bleistift und Buch.
Die Schaffner laufen. Ein Passagier
Ruft nach dem Kellner: Schnell ein Bier!
Thürenschlagen,
Schelten und Fragen.

Gleichmütig am Fenster erster Klasse
Steht eine Dame. Das feine, blasse
Gesicht so müde, so abgespannt.
Sie gähnt übermannt.
Von den häßlichen Schloten
Der Fabrik und der roten
Inspektormütze und dem gaffenden Jungen
Ist ihr Blick hinübergesprungen
Auf das Wiesengelände jenseits des Dammes.

Bis zur fernen Linie des Hügelkammes
Zieht sich das grüne Gewoge hin.
Drei, vier Mäher darin
Müh'n sich um kärglichen Sonntagslohn.
Verloren herüber bringt ein Ton
Vom Schärfen des Stahls. Wie Punkte zeigen,
Die gegen die Bläue aufwärts steigen,
Sich schwebende Lerchen. Am Horizont,
So weit man sieht ist alles besonnt
Vom milden Juniabendglanz,
Liegt, wie ein halbgewundener Kranz,
Wald, von duftigen Schleiern umzogen.
Schnell haben das Stückchen Welt überflogen
Die müden Blicke teilnahmlos.
Die Welt ist so groß
Und tausendmal schöner wo anders, als hier.
Was ist dies Fleckchen Erde ihr?
Die Wiesen, die Mäher, die gaffenden Kleinen,
Die an der Barriere lachen und weinen,
Sich stoßen und schelten,
In Frieden selten;
Das blasse Weib mit dem Säugling dort,
Der ganze dürftige, rußige Ort.
Wie Alles sie langweilt. Abgewandt
Gähnt sie hinter behandschuhter Hand.

Wieder Geläute! Schreien und Laufen,
Ein gellender Pfiff, ein Pusten und Schnaufen.
Fern, fern verhallt's, verschwindet's. Husch!
Vorüber! Ein Spuk? — Im Fliederbusch
Flötet die Drossel und, leise, ting, ting,

Von den Wiesen herüber grüßt Senfengelling'.
Harmonikatöne von irgendwo.
Es ist doch Musik, wenn auch so so.
„Mädel ruck ruck ruck an meine grüne Sei — eite,
Ich hab dich ja zu gern" —
Aus duftiger Weite
Blinzelt lustig der erste Stern.
Wie lang, und vom Walde herüber kommt sacht
Querfeld auf weichen Sohlen die Nacht.

Schlimm daran.

Mein Kind, ich bin ein Dichter.
Weißt du, was das heißt?
Jedermann ist mein Richter,
Sei er so dumm als dreist.

Ich muß mich belächeln lassen
Von jedem Krämerkommis.
Was gilt dem Volk auf den Gassen
Das bischen Poesie?

Sie haben Goethe im Schranke
Und schöne Worte im Mund,
Aber ihr höchster Gedanke
Ist Skat bis zur Morgenstund'.

Schuld.

Schuldlos oder schuldig?
Wer will bestimmen,
Wo die ersten Funken
Verborgen glimmen.

Ein einziger Lufthauch
Entfacht die Flammen.
Wer mag zum Schaden
Auch noch verdammen?

Unterwegs.

Ging ich um die heiße Mittagsstunde,
Die gewitterschwüle, durch die öde
Sonnige Vorstadtgasse meinen Pflichtweg,
Wie dem weiten, aufgesperrten Rachen
Einer plumpen kalten Brunnenfratze
Breit entstürzt und mit Geräusch der Sprudel,
Blasen werfend, regenbogenfarbig,
Also wälzte aus dem großen, roten
Schulgebäude sich ein Schwarm von Mädchen
Auf die Straße, in die helle Sonne.
Jede Größe, jede Farbe: Blonde,
Braune, Schwarze. Flechten, Zöpfchen, Locken.
Freigelassene! Welch' ein Lärmen, Schreien,
Plappern, Springen, Lachen, Kreischen, Schelten!

Aus den offnen Fenstern doch der Schule
Schallen kräftig frische Knabenstimmen,
Lautes, taktgemäßes Fibellesen,
Jede Silbe scharf hervorgestoßen.

Aber alles übertönen plötzlich
Aus dem dritten Stockwerk eines Hauses,
Einer Mietskaserne gegenüber,
Lange, schreckliche Posaunenklänge.
Immer die vier gleichen Takte quälend,
Qualvoll in die Welt hinausgeblasen.
Ist es eines kleinen Tanzorchesters
Posaunist, der sich da oben abquält?
Ist ein Dilettant es, kunstbegeistert?

Ach, der Weg zur Kunst, zu jeder, jeder
Ist so schwer. So viele Stufen führen
Aufwärts nach den lichten, reinen Höhen,
Auf den untersten, den breitgelagert
Freigeräumigen, dies Stoßen, Drängen,
Dies Gewimmel. Aber mählig aufwärts
Lichtet sich's und spärlich nur bevölkert
Sehn die höchsten über Zeit und Raum weg,
Und die Spitze? Und die höchste Höhe?
Hat sie je ein Sterblicher erklommen?
Oder harrt noch einsam sie des Kommers,
Der von dort mit seinem Finger leise
An die Fackel rührt, die alles Licht giebt.
Hinter mir lag längst die heiße Gasse,
Aber immer klang mir in den Ohren
Noch das qualvoll unverdrossene Blasen,
Wie das Stöhnen einer kranken Seele,
Die mit ihrem Erbenfluch sich abringt,
Leidend, sieglos, aber stolz und störrig:
Es muß sein!

Motto.

Sternepflücken, Wolkenfangen,
Immer dieses Glutverlangen,
Unbefriedigt Narrentreiben.
Willst ein Kind du ewig bleiben?

Schon mit weiß durchwirkten Haaren,
Und noch kein gesetzt' Gebahren?
Immer dieses Glutverlangen,
Sternepflücken, Wolkenfangen.

O bitt' euch liebe Vögelein.

Liebesſingſang, Trinkgejuchze,
Läppiſche Poeterei!
Nicht dies Nachtigallgeſchluchze
O, nur einen Adlerſchrei!

O, nur einen vollen, wahren
Ton aus tiefſter Bruſt, davor
Wir erſchreckt zuſammenfahren,
Nicht den zahmen Gimpelchor.

Doch das zwitſchert wie im Bauer
Blöde Dompfaffmelobei:
Holde Wehmut, ſüße Trauer,
O, nur einen Adlerſchrei!

Lied des Armen.

An die Arbeit! Mürrisch treibt
Mich ins Joch die Sorge wieder,
Und ihr harter Peitschenschlag
Fällt im Gleichtakt auf mich nieder.

Selig, wem beim Hahnenschrei
Glück den Morgengruß bereitet,
Und wen durch den goldnen Tag
Seine weiche Hand geleitet.

Einmal trifft auch mich sein Blick,
Der ich schwer im Pfluge gehe,
Wenn ich keuchend, todesmatt
Vor der letzten Thorfahrt stehe.

Lässig schirrt's mich aus dem Joch;
Soll ich dankbar mich ihm zeigen,
Oder seiner späten Gunst
Stumm den müden Nacken neigen.

Ruhm und Liebe.

Kühn wollt' auch ich nach Ruhm und Ehren fliegen,
Der Sonne nah in reinem Glanz mich wiegen,
Wo königliche Vögel einsam schweben.
Nun fesselt mir ein einziger Wunsch die Schwingen:
Zu beinen Füßen sanft mein Lied zu singen
Und meine Seele ganz bir hinzugeben.

Epistel.

Fastnachtsverse wünschen Sie, verehrter Doktor?
Leider hab ich nichts dergleichen mehr auf Lager,
Meine Muse, die in diesen Tagen dreimal
Schon ich darum anging, aber ist ein sprödes,
Knauseriges Frauenzimmer, voller Launen,
Wie ja alle Evastöchter, und seit vielen
Wochen wendet schon die „Himmlische" mir schmollend
Ihren „hehren" Rücken zu. Was fang ich an jetzt?
Giebt es mitleibswerteres als einen Dichter,
Dem die Muse den berühmten Kuß verweigert?

Viele zwar von meinen Herrn „Berufskollegen"
Wissen sich in solchem Falle schon zu trösten
Und versuchen's recklich ohne ihre Muse,
Und die Menge merkt es, beim Apoll, den glatten
Feinen Versen, die ins Ohr wie Öl ihr träufeln,
Manchmal nimmer an, daß sie der Herr Verfasser
„Ganz allein" gedichtet, ohne höhere Hülfe.
Ich doch kann nicht eine einzige Zeile schreiben,
Wenn die gute Muse mit mir „mault", und gar noch
Faschingsverse — nein, dazu bedarf's der ganzen
Närrisch übermütigen Laune, die mit buntem
Flitter sich behängt, hinweg zu täuschen klüglich,
Sich auf Stunden dieses Lebens graues Elend,
Oder auch bedarf's des grauen Elends selber,
Aschermittwochstimmung, die in Sack und Asche
Und mit hängenden Ohren Bußelieder dichtet.

6*

Beides liegt mir fern. Ganz nüchtern werkeltäglich
Trott ich meines Lebens immer gleichen Pflichtweg,
Der mich abseits führt von Maskeradensälen.

Ach, wie lange schon ist's her, daß mich auch einmal
Einer Maske klug gewählte Hülle freundlich
Barg vor meiner lieben Nächsten Späherblicken,
Daß der weiße, kreuzbestickte Rittermantel,
Und der kecke Hut mit weithinwallender Feder,
Und der Degen und die großen Sporenstiefel,
Diese ganze Heldenmummerei, mich einmal
Wenige schöne Götterstunden ließ vergessen,
Daß mit vielen tausend Adamssöhnen sonst ich
Ohne Rittermantel muß mein Kreuzlein tragen.

Nun, man trägt es schon. Kommt einmal doch die Stunde,
Wo auch dieses Kreuz mit anderm, wie entlieh'nes
Faschingsballkostüm, dem großen Allesleiher
Wieder wir zurück in die Garderobe liefern.

Masken! Larven! Ach, wir tragen alle Tage,
Nicht zum Fasching nur, die wunderlichsten Hüllen.
Masken! Larven! Bis die Stunde schlägt, Erlösung
Schlägt? und alle Hüllen fallen. Oder geht es
Weiter drüben, weiter so in aller, aller
Ewigkeit? Ein immer neues Mausern? Immer
Nur ein Kleiderwechseln?
                      Aber werter Doktor,
Welche alte, abgedroschne Kinderfragen
Stell ich. Sehen Sie, so geht es mir nun, wenn ich
Ohne den berühmten Musenkuß Episteln

Schreib, wie jene Afterdichter, jene kleinen
Flinken Feren unferes lyrischen Parnaffes,
Die sich ihre lyrische Begeistrung jeweils,
Wenn nicht anders, holen her aus dem Kalender.

Darum Schluß denn, keine lahme Zeile weiter.
Fort vom Schreibtisch, von dem heute sehr mißbrauchten,
An den Flügel. Aufgeschlagen winkt vom Pult mir
Robert Schumanns immer junges, frühlingshaftes,
Buntes Faschingssträußchen: „Papillons" benamfet.
Wenn die Finger mit den Tasten Zwiesprach halten:
Druck und Gegendruck, auf leises Fühlen Antwort,
Dann vielleicht, daß sachte, von den herzensechten
Tönen Schumanns angelockt, die Muse hinter
Meinen Stuhl sich stellt und lauscht, denn Schumann
                                        liebt sie,
Und daß sie zum Lohn hernach vielleicht ein Verschen
Wieder mir ins Ohr mit ihrem wunderbaren
Lächeln, wie von einer andern Welt her, flüstert.
Thut sie's, schreib sofort ich's nieder auf mein bestes
Weißestes Papier und schick es „eingeschrieben"
Schleunigst an die Redaktion mit nächster Post.

Ekel.

Die ihr umstolzt mich mit den vollen Taschen,
Krummnasig ober nicht, verfluchte Beter
Vorm goldnen Kalb, o würd' mein Wort zum Schwerte,
Wie wär' Musik mir euer Furchtgezeter.

Kommt her! legt Rechnung ab von euren Groschen.
Wie? Stockt so balb im gierigen Hals das Wort euch?
Der sonst so freche Blick irrt scheu bei Seite
Und wie ertappte Buben schleicht ihr fort euch.

Geht! schachert, trügt und machts „Geschäftchen" weiter,
Und freut euch, Edle, am „verdienten" Schatze.
Nur aus der Sonne mir, den Blick zu Boden!
Sonst speit mein Zorn euch in die ekle Fratze.

Nicht aufkommen laſſen.

Willſt du dich über die Menge erheben,
Halte die Ehre blank und eben,
Den kleinſten Flecken, den kleinſten Belauf,
Die Leute zeigen mit Fingern darauf,
Froh eine Stelle gefunden zu haben,
Worein ſie ihre Haken graben,
Die dich aus deiner Höhe wieder
Zerren zu ihren Sümpfen nieder.
Viel eher dulden ſie ſchlecht dich, gemein,
Als daß ſie dein Beſſerſeinwollen verzeihn.

Weißt du noch?

Weißt du noch? Am Brunnen war es,
Und die blanken Wasser rauschten,
Und am Marktplatz die Paläste
Waren steife, stumme Gäste,
Als den ersten Gruß wir tauschten.

Westwind strich um alle Ecken
Und ein Regen sprühte nieder;
Gingen unterm Schirme weiter,
Und dein Bäschen war Begleiter.
O, das Bäschen sagt nichts wieder.

Doch das böse Bäschen plauschte.
Können Weiber jemals schweigen?
Und nun wissen's alle Tanten,
Daß wir trafen auf pikanten
Wegen uns, verbotnen Steigen.

Wie sie wohl gehechelt haben
In dem großen Lästerorden.
Klatschsucht konnt' ihr Mütchen kühlen.
Ob nun ruhn die Plappermühlen?
Bist ja nun mein Weib geworden.

Neulich, als du offnen Mündchens
Auf den Kissen mir zur Seiten
Schlafend lagst, des Brunnens dachte
Plötzlich und die Verse machte
Ich und segnete die Zeiten.

An die Sorge.

Knarrt die Stiege? Schritt vor Schritt,
Schlurfend, schleifend kommt es nah.
Kenne dich am Tapp und Tritt,
Sorge, bist du wieder da?

Ärgert dich mein Wohlergehn,
Dieser ganz bescheidene Glanz?
Kannst du niemand fröhlich sehn?
Zerrst und zaust an jedem Kranz?

Gönn' mir doch das wenige Gut,
Das ein harter Fleiß bescheert,
Lösch des Friedens sanfte Glut
Neidisch nicht auf meinem Herd.

Und die Wiege dort, davor
Mutterangst Gebete spricht,
Liebe lauscht mit wachem Ohr,
All mein Glück, o stör' es nicht.

Atropos.

Aber starr den Blick ins Leere
Unter nachtumwölkter Stirn,
Tappt mit ihrer plumpen Scheere
Schon die Alte nach dem Zwirn.

Dichter und Richter.

Aus Nichts eine Welt erschafft
Mit der Zauberrute: Dichterkraft.
Fährt der Geist drüber her,
Wogt's auf wie ein Meer
Und das Nichts gebiert.
Publikus steht und stiert.
Kritikus hinterher
Nimmt's wichtig und schwer
Und legt die Stirn in Falten:
„Recht brav! Aber die alten,
Die urewigen, geheiligten Regeln!"
Es ist zum Kegeln.

Stadtfrühling.

Frühling ward's. Die weichen Lüfte
Künden's und die kleinen Bäche
Trüben Wassers aus den Rinnen.
Wie das rieselt, gluckst und plappert,
Eh' der letzte schäbig-schmutzige
Rest der einst so leuchtend weißen
Winterherrlichkeit dahin.

Frühling ward's. Die Staare künden's,
Mischen sich, der künftigen bunten
Farbenpracht ein schwacher Vorschmack,
Schwarzgefrackt und gelbgeschnäbelt,
In den grauen Sperlingspöbel.
Welch ein Piepsen, welch ein Schreien,
Wunderbare Zukunftstöne,
Solche Frühlingsouvertüre.
Doch es wird schon besser kommen:
Lenzsolisten, Sommersänger,
Nachtigallentrillerketten,
Amsellied und Finkenschlag.

Frühling ward's. Du fühlst bei jedem
Schritt das fröhliche Ereignis
Sich an deine Sohlen heften.
Grundlos werden alle Wege,
Schlammig vor den Thoren draußen,
Schlammig in der Stadt. Millionen
Pfützen, Lachen, kleine Seen
Spiegeln jedes dir ein Stückchen

Von dem Frühlingshimmel wieder,
Der noch weinerlich darein blickt
Wie ein neugebornes Kindlein
Bei dem ersten Unbehagen,
Das ihm diese Welt verursacht.
Nur Gebuld, die Thränen trocknen,
Und ein erstes sonniges Lächeln
Künbet Lebensfrühlingsfreude,
Erste Frühlingslebenslust.

Frühling warb's. Die Armen künden's.
Aus den Gängen, aus den Höfen,
Aus den dumpfen Winterhöhlen
Kommen sie ans Licht gekrochen,
Männer schmauchend, Weiber schwatzend,
Buben raufend, Mädchen tanzend
Nach dem Klang des Leierkastens.
Wie die Spatzen, wie die Staare,
Tummeln sie sich auf den Gassen,
Vogelpöbel — Menschenpöbel,
Frühlingskünder, lärmend, schreiend,
Eine Frühlingssymphonie.

Frühling warb's. Gewißheit hab' ich.
An die Thür mir kam er selber,
Zog die Glocke, daß es fröhlich
Klang durch meine stille Klause;
Rief mich fort von meinem Schreibtisch,
Fort von meinen Frühlingsversen;
Bot mir Blumen, Frühlingsblumen,
Schneeglöckchen und erste Veilchen;

Trug ein einfach Kleid von blauem
Weißgemusterten Kattun und
Um den Hals ein loses Tüchlein;
Trug gescheitelt schlichte blonde
Haare, ohne Hut noch Häubchen;
Hatte klare blaue Augen,
Weiche Wangen, luftgerötet,
Volle Lippen, jugendfrisch.

Hielt am Finger mein das Ringlein
Nicht zurück mich, gar zu gerne
Wär' ich um den Hals gefallen,
Ach, dem Frühling, gar zu gerne
Hätte diese weichen Wangen,
Diese vollen jungen Lippen
Ich bedeckt mit meinen Küssen.
Hatt' ich doch den ganzen langen
Trüben Winter gar so heftig
Nach dem Frühling mich gesehnt.
Und nun durft' ich ihn nicht küssen,
Durft' nicht um den Hals ihm fallen,
Nur des Ringleins wegen nicht.

Nahm ich da die Frühlingsblumen,
Weiße Glöckchen, blaue Veilchen,
Nahm sie schnell entschlossen alle,
Brachte sie dem lieben Mädchen,
Das mir einst den Ring gegeben;
Warf sie alle in den Schooß ihm,
Daß es froherschrocken lachte.
Sah aus, wie der Frühling selber,

Mit den Blumen in dem Schooße,
Mit den guten klaren Augen,
Mit den Wangen, glückgerötet,
Mit den Lippen, liebelächelnd,
Daß ich um den Hals ihr fiel.

Frühling ward's. Die weichen Lüfte
Wehen um die feuchten Dächer,
Munter plätschert's in den Rinnen,
Vor dem Fenster piepst ein Spätzlein
Und da draußen lärmen Buben,
Wilde, laute Kinderlust.

„Adebar!" so klingt's von unten
Hell herauf. „Ein Storch! — Noch einer!"
Und wir sitzen Wang an Wange,
Hand in Hand in trauter Zwiesprach
Und im Schooß die ersten Blumen,
Und im Herzen unsre Liebe,
Unsre junge, junge Liebe.
Frühling ward's! —

Lockung.

Schönes Kind von fünfzehn Jahren,
Gertenschlank, mit blonden Zöpfen,
Mit dem Strickstrumpf vor den Töpfen
Ach, was läßt sich da erfahren?
Mußt mit hellen Augen schaun
Übern Zaun.

Hast du übern Zaun gesehen,
Gertenschlank, mit blonden Zöpfen,
Mit dem Strickstrumpf vor den Töpfen
Magst du dann nicht länger stehen.
Ist im Zaun kein Pförtchen drin?
Sieh doch hin.

Zaun und Pförtchen erst im Rücken,
Schönes Kind von fünfzehn Jahren,
Ach, was wirst du da erfahren!
Kann das Leben so beglücken?
Wieviel Glanz und Herrlichkeit
Weit und breit.

Gertenschlank, mit blonden Zöpfen,
Wirst nicht lang alleine bleiben,
Und wie anders ist solch Treiben,
Als das Stricken vor den Töpfen.
Ist im Zaun kein Pförtchen drin?
Sieh doch hin!

Schönes Kind von fünfzehn Jahren,
Durch den Garten katzenleise
Machst du bald dich auf die Reise.
Darin bin ich schon erfahren.
Klirrt der Riegel? — Siehst du! da
Bist du ja.

Nächtlicher Besuch.

Eine kleine Weile nur
Bleibt noch holde Geister,
Schnell verliert sich eure Spur,
Wird der Morgen breister.

Liebliche Gedankenwelt,
Zauber eurer Hände,
Ach, wenn sie der Tag erhellt,
Nimmt sie jäh ein Ende.

An eigene Adresse.

Laß die Leier, greif zum Spaten,
Greif zum Hammer oder Schwert.
Thaten! Thaten! — Bier und Skaten —
Aber Lieder, laß dir raten,
Lieder werden nicht begehrt.

Mein Gegenüber.

Viel mehr nicht als ein Hofraum ist
Das brettumzäunte Plätzchen.
Das hellste in dem Gärtchen trist:
Die Leine mit dem Lätzchen.

Doch grade küßt ein Sonnenstrahl
Das kleine Fleckchen Öde.
So überklärt wohl auch einmal
Ein Lächeln hold die Spröde.

Und jetzt, woher doch plötzlich, steht
Die Magd nicht dort, die feine?
Wie ihr das leichte Röckchen weht
Reckt sie sich nach der Leine.

Wie reizend ist das Gärtchen dort!
Ich muß nur immer stehen
Und nach dem allerliebsten Ort
Mit heller Freude sehen.

Troſt.

Still, still —
's iſt nur ein Traum.
's geht alles vorbei,
Was es auch ſei.

So — ſo — —
Spüreſt es kaum.
's iſt nur ein Hauch,
Wie du auch.

An Verschiedene.

Du da und du —
Ihr dünktet euch immer mehr als ich.
Du
In deinem strammschenkligen Kraftprozentum,
Ein sogenannter „famoser Kerl"
Bei Weibern und Pferden.
Und du,
Hundertmal plumper,
Verächtlicher,
Geldprotz du!
Wenn Ihr jene feinen Ohren hättet,
Mit welchen wir Dichter alles belauschen,
Welch silberstimmiges Lachen würdet Ihr hören,
Ein Lachen so leicht, fröhlich, obenhin,
Als Antwort auf Eure dreisten
Ellbogenfragen:
„Siehst du, was für Kerle wir sind?"
Ich sehe es!

Aber jener da,
Der mit dem überlegenen Lächeln,
Der Schulmeister,
Er thut mir leid.
Was ist Euch Kunst, Wissenschaft,
Und jenes unwägbare Geschenk der Götter:
„Geist!"
Ein Nichts!
(Doch! Geist liebt Ihr:
Klapphornverse!)

Aber ihn,
Ihn narrten die Götter.
Sie gaben ihm Fleiß, Verstand, Gedächtnis,
Liebe zum Guten,
Und einen feinfühlenden Finger.
Aber sie schlugen ihn mit Kurzsichtigkeit
Und gaben ihm nicht
Ihr Höchstes:
Phantasie.

Nun tappt er umher
Und freut sich
Wessen er habhaft wird mit tastendem Finger.
Aber draußen,
Wo Schwingen sich weiten,
Auftragenden Fluges
Phantasiebegabte, leichtere Geister
Mit Sonnenkindern Frage und Antwort spielen:
Hier ist er nicht heimisch.
Hier fühlt er seinen Mangel
Und rümpft die Nase,
Wie häßliche Mädchen
Unter schöneren Schwestern
Sich gern auf die Überlegenen hinausspielen,
Die Gesetzteren,
Innerlicheren.

Der Arme!
Ihn narrten die Götter,
Und Mitleid weckt mir
Sein überlegenes Lächeln,
Tiefes Mitleid.

Mancherlei Nutzen.

Freuten uns an duftgen Blüten,
Die für uns im Laube glüten.

Nun, da sich auch Früchte zeigen,
Pflücken wir aus vollen Zweigen.

Kommt der Winter, nützt aufs Beste,
Wärmend uns, ein dürr Geäste.

Wenn die Flammen aufwärts schlagen,
Träumen wir von Frühlingstagen.

Der Dichter spricht.

Ich weiß es ja, ein Gaukler gilt euch mehr,
Und zehnmal mehr ein reicher Kaffeemakler,
Ich laufe nur somit im großen Heer,
Mich überschreit ein windiger Spektakler.

Ein Lorbeerkranz mit breitem Atlasband
Den Mimen, Clowns und Börsenjubilaren.
Der Dichter steht dabei mit leerer Hand,
Bis elend in die Grube er gefahren.

Pocht nicht auf Säulen, die ihr Todten setzt.
Was soll die Farce noch, ihr eitlen Thoren?
Wer euch im Leben immer kam zuletzt,
Den laßt nun auch im Grabe ungeschoren.

Dat Rosenplücken.

Sah zu jüngst einem Villenbau,
Die Straße weiß ich nicht genau,
Ging eine schmucke Dirn vorbei
Im blauen Waschkleid, die Arme frei,
Trug einen Korb, draus quoll hervor
Der schönste zarte Rosenflor.
Den Rosen glichen ihre Wangen,
Die Lippen weckten Kußverlangen
Und eh' sie wußt', wie ihr geschah,
Sich rechts und links umworben sah.
Hatt' gleich an jeder Seit einen Schalk,
Bestaubt mit Ziegelmehl und Kalk.

Der griff ihr um die Hüfte schlank,
Der langte nach den Rosen frank,
Und hätt' mit grober Werkelfaust
Die zarte Fracht ihr fast zerzaust.

Hülflos vor leckem Übermut,
In Sorge um der Herrin Gut.
Die vollen Arme hoch erhoben,
Den Korb zu retten vor den Groben,
Mußt so sie leiden voller Scham,
Daß ihr ein dritter ein Küßchen nahm.

Da fuhr ein alter Graukopf drein,
Nannt' selbst wohl solch ein Mädchen sein:
„Lat doch de Deern! Ji driv't to dull!
So'n Rosenplücken mögt ji wull?"

Ich trage Gedichte.

Um den Theetisch saßen wir,
Oder tranken wir Kaffee oder Chokolade,
Ein Traum nur war es,
Und alles lebt nur wie Schatten noch,
Wie Bilder aus einer Laterne magika
In meiner Erinnerung.
Deutlich nur seh ich
Zur Rechten mir das kleine zierliche Mädchen,
Zwölfjährig, kaum älter.
Unendlich traurig
Sah es mit großen blauen Augen
In seinen Schooß,
Die einzige betrübte in unserem heitern,
Scherzbelebten Kreis.

Was fehlt dir Alice?
Warum denn so still heute?
Ach, so klang es von rosigen Kinderlippen,
Ich bin so schwermütig heute —
Ich trage Gedichte.

Was? du trägst Gedichte, Alice?
Und endloses Gelächter umschwirrte dich,
Übermütig,
Wie ausgelassene Tagvögel
Die alte ernste, unzufriedene Eule umspotten.

Ich trage Gedichte . . .
Wachend hör' ich immer noch

Diese zaghafte, traurige Antwort,
Die mich so tief rührte,
Aus Kindermund so tief rührte.

Ich trage Gedichte . . .
Was wissen die anderen,
Leicht frohen Alltagsseelen,
Wie einem zu Mute ist,
Wie uns beiden zu Mute ist, Alice,
Wenn wir Gedichte tragen.
Wie weh, wie krank unsere Seele sein kann,
Wenn's drin keimt,
Wenn's drin zuckt,
Mit ersten leisen Regungen.
In Schmerzen empfangen,
Mit Schmerzen geboren,
Seele von unserer Seele,
Blut von unserem Blut.

Kleine schmerzdurchzuckte Dichterin,
Freue dich.
Dein Reich war der Traum.
Die Sonne des Morgens küßte dich auf,
Dich und deine Schmerzen,
Wie den Nachtthau von den Blättern der Blumen,
Denen du in ernster Lieblichkeit gliechst.

Ich aber lebe.
Mein Tag ist kein Traum,
Und wenn ich schwermütig bin
Und Gedichte trage,
Darf ich's nicht einmal sagen am Theetisch.

Sie würden mich auslachen,
Wie sie dich auslachten,
Nur thut's noch zehnmal weher,
Am hellen, wirklichen Tage ausgelacht zu werden,
Und unsere Schmerzen
Sind ihnen immer lächerlich.
Sie verstehen uns nicht.
Wie schön, sagen sie, dichten zu können,
Wenn wir es doch auch könnten.
Ist es sehr schwer mein Herr?

Gesang wandernder Kinder.

An dem Abgrund schmale Wege,
Über Schluchten leichte Stege
Führen uns die Engel hin.
Mitten unter Schwergefahren
Heitere Ruhe sich bewahren
Lehrt Vertraun und frommer Sinn.

Doris.

Rötlich schimmern die Beeren aus dichtbeblättertem Busch=
          werk,
Und in den zierlichen Korb pflückst du die zierliche Frucht.
Helfend nah ich mich dir, durchwandelnd langsam die
          Reihen,
Bis an einerlei Zweig trifft sich das fleißige Paar.
Und statt der Beeren nun oft ich die Hand und den
          bräunlichen Arm dir,
Wie du's dem Losen auch wehrst, hasche im neckischen
          Spiel.
Schalkhaft drohst du, ja schmollst, und mußt es am Ende
          doch dulden,
Daß er statt rötlicher Frucht rosige Lippen erwischt.

Frühlingsweben.

Wo die letzten Häuser stehen
Hinter zart begrünten Hecken,
Führt der Weg zum Wald hinein.
Erst doch gilt's zwei Dirnlein necken,
Die mit hellen Augen sehen
Übern Zaun her. Spaß muß sein.

Hinter mir ihr helles Lachen,
O du süßes Mädchenlachen,
Schlendre ich auf weichen Wegen
Frühlingsfroh dem Wald entgegen.
Feuchter Schimmer, grüner Hauch,
Voll in Säften Baum und Strauch.
Rings das Spiel des jungen Lichtes.
Durch das offene Wipfelbach
Wie ein goldner Regen bricht es,
Tropft durch leis bewegte Zweige
Überriefelt Moos und Steige,
Küßt im Gras die Primeln wach.

Wo die kleinen Veilchen stehen,
Seh ich helle Kleider wehen;
Frühlingshüte, Kinderköpfchen,
Buntes Band in blonden Zöpfchen,
Frühlingsstimmen, helles Lachen.
O du süßes Kinderlachen!
Keine Nachtigallenlieder
Geben beinen Zauber wieder.

Komm ich an die kleine Schar,
Wie die Häschen, naht Gefahr,
Sitzen sie auf einmal stumm
All im grünen Gras herum.
Dann ein Kichern, Zischen, Lachen:
Lassen uns nicht bange machen.

Nur das große, schlanke Mädchen,
Zierlich hält sich's wie am Drähtchen,
Weiß auf einmal sehr verlegen,
Nicht, wie soll ich mich bewegen.
Herr, was sehn Sie so hierher?
Sie belästigen uns sehr.
Freilich kann ich es nicht wehren,
Wollen Sie uns doch beehren,

Zwischen Birken, zwischen Buchen
Geh nun ich auch Veilchen suchen.
Pflücke sittsam erst allein,
Besser geht's nachher zu zwein.
Hier ein Blümchen, da, und da!
Bis wir abseits uns verirrt.
Keines weiß recht, wie's geschah.
Leis nur aus der Ferne schwirrt
Lachen, Rufen uns ans Ohr.

Doch das kommt beim Veilchensuchen
Zwischen Birken, zwischen Buchen,
Bei den besten Leuten vor.
Läßt's die Mutter auch nicht gelten,
Andere werden uns nicht schelten.

Aus allen Zweigen.

(Allen sangesfrohen Goldschnittlyrikern gewidmet.)

Gebüftel,
Getüftel,
Gebächtel,
Gemächtel,
Ein Dudel, ein Didel
Ein wunderschön's Liedel.
Ei ja!

Ein Tonnerl,
Ein Wonnerl,
Ein Herzerl,
Ein Schmerzerl,
Ein Veigerl, ein Röserl,
Ein Schürzerl, ein Höserl,
Ei ja!

Ein Dornerl,
Ein Zornerl,
Ein Witzerl,
Ein Blitzerl,
Ein Dudel, ein Didel
Ein wunderschön's Liedel.
Piep! Piep! —

Besuch.

Er trat in meine Kammer ein,
Freundlich, schlicht, ohne Heiligenschein.
Aber unter allem Volke hätt'
Erkannt ich Jesus von Nazaret.
Gelassen rückt er von der Wand
Sich einen Stuhl an Bettesrand,
Schob ein wenig bei Seite das Licht,
Daß er mir besser säh ins Gesicht,
Und saß, ein Arzt, vor meinem Lager.
Die feine Hand, durchsichtig mager,
Lag mit sanftem Druck auf den Kissen,
Drin ich mit tausend Kümmernissen
Die Nacht durchwacht, und nun vor Schreck
Und Zweifel ob seines Kommens Zweck
Aufrecht saß und verwundert starrte,
Und seines ersten Wortes harrte.

Er ließ mich nicht lange die Augen aufreißen,
Sprach schlicht, warm, ohne Glanz und Gleißen.
Alle hundert Jahre einmal
Käm' er aus seinem Sternensaal,
Müßt' einmal wieder Menschen sehn,
In Menschengestalt unter ihnen gehn,
Wieder der Erde Leiden tragen,
Und hier und da fürsorglich fragen:
Wie geht's, wo fehlt's, wo zwickt's am meisten?
Womit kann ich dienen und Hülfe leisten?

Wo eine Seele in Nöten rang,
Das spürt er gleich auf seinem Gang,
Und hätte im Vorüberkommen
Auch mein einsames Klagen vernommen.
Ich sollte ihm alles dreist erzählen,
Meiner Seele Pein, mein täglich Quälen.

Da nahm ich denn kein Blatt vor dem Mund,
Und that ihm meine Leiden kund,
Schloß mein gepreßtes Herz ihm auf,
Und ließ dem Unmut freien Lauf.

Er sprach, ich kann deinen Schmerz verstehn,
Es giebt auf Erden nicht größere Wehn.
Du plagst dich mit Deines Geistes Kraft,
Daß sie ein warmes Kleid dir schafft.
Du stehst unter allem Volk allein.
Hast Hunger, und sie bieten dir einen Stein,
Führen deinen Namen im Mund, dein Wort,
Aber kommst du selber, laufen sie fort,
Höhnen dich gar und dein Klagen.
So wirst du täglich ans Kreuz geschlagen.

Mit einem Wort, du bist ein Dichter
Unter zahllosem Schriftgelichter,
Bist ein Künstler im deutschen Reich
Und das kommt täglicher Folter gleich.

Als ich noch ging in Erdentracht,
Haben sie mir es anders gemacht?
Und vor mir und nach mir, an allen Tagen,

Wurden die besten bespeit und geschlagen.
Wie haben so arg sie's mit mir getrieben!
Aber ich klammerte mich an mein Lieben,
Und noch am Kreuz, verendend, ich bat:
Vater, vergieb ihnen ihre That.

Aber was hat mein Opfer viel
Genützt? Es ist das alte Spiel,
Das alte Verharren in Kleinem, Gemeinem,
Das alte Verstocktsein vor Edlem und Reinem,
Das alte Rennen nach irdischem Gut,
Die alte Habsucht, Profitchenmut,
Die ohne Besinnen die heiligsten Dinge
Verschachert für dreißig Silberlinge,
Das alte scheinheilige Heuchlerpack
Im Pfaffenrock und Ministerfrack.
Und laß ich mich dreißig mal kreuzigen noch,
Es bleibt immer derselbe Pöbel doch.

So sprach er, erst leise, langsam, betrübt,
Gedenkend, was man ihm verübt.
Aber allmählich war aufgeloht
Auf Wangen und Stirn ein helles Rot.
Die blauen schönen Augen schickten
Blitze, die hagren Hände zwickten
Und zupften nervös der Decke Falten.
Schwer konnt' er seinen Zorn verhalten.

Tiefatmend schwieg er einmal ganz
Und bohrte die Blicke mit starrem Glanz
Auf das Kruzifir, das hing

Über dem Bett mir, ein hölzern Ding,
Klein, unansehlich und roh.

Dacht' er der Zeit, wo er buldete so?
Ein tiefer, rührender Schmerzenszug
Ging wie ein Wolkenschattenflug
Über sein Antlitz, aber nur kurz.
Dann sprang er auf, und mit schnellem Sturz
Sprudelten ihm die Worte hervor:

Sei kein blöder, weichherziger Thor!
Raffe dich auf und stemme dich fest,
Und den Stock zur Hand, das ist das Best'!
Noch heute schwellt es mir die Brust,
Noch heute denk ich des Tages mit Lust,
Wo mir der Haß in die Fäuste fuhr,
Wie ich den Schafen die Pelze schur,
Männlich, kräftig, das Tauende schwang,
Hei! wie die ganze Herde sprang.

Das ahme nach! da war ich groß!
Aller Liebe und Lauheit los.
Mit Peitschen mußt du das Volk regieren,
Willst du nicht das Spiel verlieren.
Und macht's so mein himmlischer Vater nicht auch,
Nach uraltem bewährtem Brauch?
Läßt seine Blitze und Donner spielen.
Daß sie zitternd rutschen im Staub der Dielen.
Als ich von ihm die Gunst erbat,
Auf die Erde zu tragen der Liebe Saat,
Nach meinem Ermessen es zu probieren,
Geh, sprach er, du wirst das Spiel verlieren.

Ich brauche Schwefel, Schwert und Fluchen,
Und du willst sie lenken mit Zucker und Kuchen?

Er hatte recht, und so rat' ich dir,
In diesem Einem folg ihm und mir:
Mach dich nicht klein, wahr deinen Wert,
Demut, Bescheidenheit, sind nicht geehrt.
Hochfahrend dem Volk, den Fuß auf den Nacken,
Brutal mußt du die Menschen packen.
Und wollen sie wider dein Edles blöcken,
Wider deines Geistes Stachel löcken,
Den Strick zur Hand und die Faust erhoben,
Und mein Vater und ich, wir freuen uns oben.
Und nun lebe wohl. Ich weiß nebenan
Noch einen leibgepreßten Mann.
Will ihm ein ähnlich Rezept verschreiben.

Dann winkt' er, ich sollte liegen bleiben,
Mich nicht bemühen, er fände schon aus.
Und wie er gekommen, ging er hinaus.

Aus dem Dreck in den Himmel.

Aus dem Dreck in den Himmel.
Unten Wurzelgewimmel,
Hart, knorrig und häßlich.
Aber sonnglanzummoben
Zittert in süßen Schauern oben
Blütenflor, Farbenpracht, unermeßlich.

Frühlingslied.

Schöne junge Frühlingszeit,
Leerst dein Füllhorn auf mich nieder,
Giebst der Seele Flügel wieder
Und den Liedern Munterkeit.

Nun der letzte Schnee zerweicht,
Busch und Baum in Säften schwellen,
Ach, in all ben frischen Quellen
Baben sich die Sinne leicht.

Und die Liebe kommt auf Zeh'n,
Wie ein Kätzchen, hinterm Rücken:
Komm, wir wollen Veilchen pflücken.
Und es giebt kein Widerstehn.

Meine Gläubiger.

Ihr Hochmütigen,
Euch mehr dünkenden,
Ihr Pharisäer,
Wie vieles danke ich euch.
Nicht vielleicht Alles?

Ich danke euch meine Einsamkeit,
Mein Abseitssein;
Ich danke euch meinen zornigen Stolz
Und danke euch meinen Schmerz;
Und mein Lachen danke ich euch,
Mein stilles, einsames Lachen.

Jegliche Spuren des tausendfüßigen Tages
Bewahrt auf weicher,
Wächserner Tafel die empfindliche Seele.
Und auf den Knien die Tafel,
Hockt brütend darüber die Einsamkeit.
Und der Stolz tritt herrisch heran
Und mit schnellem, zornigem Knöchelschlag
Klopft er bald hier, bald da
Hart auf.
Und der Schmerz,
Über die Tafel geneigt,
Gleitet mit leisem, durchsichtigem Krankenfinger
Über diese, über jene Stelle:
„Hier deine Ernte.“

Und wie der Bauer
Beim Anblick seiner vollen Tenne
Frischgefallenen Segens,
Unterm Sichelschnitt gefallen,
Jäh, weinend,
Wer hörte das Weinen gemäheter Halme?
Wie der Bauer,
So lacht meine Seele und freut sich
Ihres mehrenden Reichtums.
Wie Vieles danke ich euch!
Alles vielleicht! —

*　　*　　*

Unterm Sichelschnitt gefallen —
Das ist's!
Schneidet —
Ich sammle die Garben.

Der Ruhm.

Es kam heran,
Glanzstrotzend kam's heran,
Mit weißen Hengsten, langsam, feierlich,
Des Ruhms Gespann.
Als blitzten hundert Sonnen
Ihr Licht um ihn,
Erstrahlte seine Bahn,
Der ganze Himmel schien
Vom Leuchten überronnen,
Das wie ein Herold lief und kündete sein Nahn:
Triumpf! Triumpf!

Er kam, kam königlich.
Ein sorglos Lächeln lag,
Ein heitrer Mut auf seinem Angesicht,
Ein helbisches „Ich wag",
Das trunken Sterne sich zum Siegeskranze bricht.
Sein großes Auge sprühte
Den großen Friedrichsblick,
Die schöne, volle Wange glühte,
Stolz straffte das Genick,
Und ich war nichts dem Herrn.

Am Wege stand ich da, bedrängt von Huf und Speichen,
Hart streifte mich der Nabe Rand,
Des Triumpfators flatterndes Gewand,
Sein Scharlachsaum, die Hand konnt' ihn erreichen.

Und langsam nur,
Ganz langsam mir vorbei sein goldner Wagen fuhr.
Wen sah ich hinten drauf?
Wen lud der stolze Herr sich auf?
Wer hockte auf dem Ruhmeskarren?
Der Tod einträchtig mit den Narren.

Der eine saß zusammengekauert,
Starr, unbewegt,
Den Kiefer auf das spitze Kinn gelegt,
Ein Raubtier, das auf Beute lauert.
Und unverwandt,
Am plumpen Sensenschaft die Knochenhand,
Umraschelt leis von welkem Lorbeerlaub,
Dran noch die weiße Atlasschleife baumelt,
So stierte mich, der jäh zurückgetaumelt
Im Wegestaub,
Der Tod wie drohend an.

Doch rechts mit Schalks- und Schelmenpossen,
Mit Grinsegruß und Freundschaftsnicken,
Im Faschingkleid aus bunten Flicken
Saß schellenklingelnd neben dem Genossen
Der Narr und ließ die Beine pendeln.
Ein Kinderspielzeug vor dem Mund,
Ein Blechtrompetchen winziger Größe,
Blies er die Backen kugelrund,
Als gälte es Posaunenstöße.
Und wie vor seinem Jahrmarktszelt,
Vor seiner Wunder-Plunderwelt,

Ein Clown die blöden Gaffer stellt,
Gewohnt mit jedem anzubändeln,
Verhöhnte mich sein Pritschenwink:
Spring auf doch lieber Vetter, flink!
Gelüstet's dich nicht, mitzufahren?

Am Morgen.

Aufs offne Mäulchen ein Kuß.
Augenreiben und halber Verdruß.
Aber Erkennen und Lachen
Hilft völlig Erwachen.
Dann ein Schlupfunter,
Ein drüber und drunter.
Indessen steht
Schon draußen ein Weilchen
Und äugelt, so gut wie's geht
Vom Balkon durch den Thürritz,
Musjö Fürwitz,
Der Frühaufsteher Tag,
Und sieht sein Teilchen.
Was er wohl denken mag.

Revolution.

Sie drängen nach oben,
Die lange gebuckt,
Das Haupt erhoben
Wird aufgemuckt;
Wollen auch was haben
Von der Welt Gaben.
Habt lange genug allein gezecht,
Den Wein verteilt mehr schlecht als recht.
Zögernd erst, doch mählich frecher
Tappen sie nach eurem Becher,
Mit groben Fäusten und wenig eben.
Hättet willig ihr gegeben,
Das Tischtuch wäre geblieben rein.
Nun wird verschüttet viel edler Wein,
Vieles verderbt,
Wie Blut gefärbt.

Auf dem Amboß.

Auf einem Block von Eisen kalt
Lag rücklings ich und festgeschnallt,
Und neben mir die Sorge stand.
Mit sehnigem Arm und harter Hand
Sie ihren schweren Hammer schwang,
Ein knochig Weib mit welken Brüsten,
Und an der Lippen bleichen Küsten
Brach sich ein heiserer Gesang.

Daneben, hold wie Sonnenlicht,
Die Liebe schwang im Händchen fein
Ein blitzend golden Hämmerlein.
Sie hatt' der Liebsten Angesicht,
Ihr braunblond Haar, den Küssemund,
Den schlanken Leib, maifrisch, gesund,
Die großen, grauen Augen, trug
Ein erdbeerfarben Kleid, und schlug
Mit ihrem kleinen Hammer brav
Aufs Herz mir. Jeder Schlag der traf.
Und von den frischen Lippen klang
Ein rührend süßer Kinderjang.

Und wechselnd fielen Schlag auf Schlag
Die beiden Hammer mir aufs Herz,
Der hülflos ich gefesselt lag,
Die Lippen biß, und schrie vor Schmerz.
Bis unerträglich war die Qual.
Ein Ruck! Hinklirrt der Kettenstahl.

Der Sorge reiß' ich aus der Faust
Den Eisenhammer. Niedersaust
Der angstgeführte, wuchtige Hieb
Und trifft, o Gott, und trifft mein Lieb.
Sie sinkt, sie seufzt — — —
                    Vergieb! Vergieb!
Am Boden wein' ich bitterlich.
Die Sorge aber weidet sich
An meinem Schmerz mit kaltem Hohn
Und hebt den schweren Hammer schon,
Schlag zu, schlag zu — — —

In der Pferdebahn.

In der Pferdebahn auf den weichen Kissen
Hast du es dir bequem gemacht.
Verschlissen, Mädchen, ist deine Tracht,
Die dünnen Schuhe vorne zerrissen.
Und aus der Tasche,
Reckt die Flasche
Die leere, den Hals verwegen
Nach deinen vornehmen Fahrkollegen.

Eine Dame zur Seite dir zieht ein wenig,
Halbabgewandt, die Nase kraus.
Du strömst den Duft der Armut aus
Und der Arbeit, und rekelst müd und gähnig.
Es ist dein Betragen,
Ehrlich zu sagen,
Dein ungeniertes nicht passend,
Gar zu plebejisch sich gehen lassend.

Aber was scheren dich die andern,
Du bist zum Umfallen müde ja,
Dem sanften Entschlummern verzweifelt nah.
Zerstreut nur läßt du die Blicke wandern.
So liegt ein Kätzchen
Auf behaglichem Plätzchen,
Halb müd', halb lauernd blitzen
Die Augen durch die Liderritzen,

Du junges Ding mit den weichen Gliedern,
Der weißen Haut, fast durchsichtig zart,
Bist du wohl auch von Katzenart?

9*

Das leise Spiel mit den Augenlidern
Macht mich betroffen,
Und die Lippen, halb offen,
Die schwellenden, zeigen die weißen
Spitzzähnchen, als wie zum Beißen.

Der Judenjüngling dir gegenüber
Mit dem lüsternen Blick, hätt' gerne gespielt
Ein wenig mit dir. Schon lange schielt
Er verstohlen, fast schämisch zu dir hinüber,
Wird was draus?
Katz oder Maus?
Hüte dich! Manche glaubt Katze
Zu sein und bleibt als Maus auf dem Platze.

O Gott, mein Gott!

O Gott, mein Gott!
Wie Viele gellten
Den Schrei empor,
Der sich verlor,
Der Woge gleich, der felszerschellten.

O Gott, mein Gott!
Wie Viele rangen
Die Hände wund
In Qualen, und
Sind weinend wieder fortgegangen.

Gestalten.

Seht dort den Mann mit seiner Löwenmähne,
Die Fäuste schlügen einen Ochsen nieder.
Ein Dichter ist's, und seine Heldenthaten —
Ein Bändchen veilchenblauer Liebeslieder.

Und jenes Männchen, schüchtern wie ein Mädchen,
Errötend schon, nennt man nur seinen Namen,
Zum Helden hat ihn die Natur verdorben,
Er schreibt dafür geniale Feuerdramen.

Doch dieser mit dem eleganten Wuchse,
Die Damen werden jedesmal ekstatisch:
„Welch' schöner Mann! Und welch' Organ! zu himmlisch!"
Fondsmakler ist er und ein Held am Skattisch!

Im Irrenhaus.

Des Dichters Kraft und Schwinge brach
Von Neid und Not gehetzt,
Im Narrenturm ein eng Gemach
Giebt Herberg ihn zuletzt.

Einst war er jung und sang hinaus
Was ihm die Brust bewegt,
Nun haben sie in dieses Haus
Den Graubart festgelegt.

Sie lachten und sie höhnten sein,
Da er von Eblem sang.
Der Zweifel bat sich bei ihm ein,
Die Sorge bat nicht lang.

Da wuchs sein Trotz, da stieg sein Stolz
Hoch über Hohn und Spott,
Da ward an seinem Marterholz
Er zum geschlagnen Gott:

„Die Welt ist mein! Ich schuf zur Lust
Sie euch mit Schaffensschmerz,
Ich griff hinein in meine Brust
Und schenkte euch mein Herz.

Ihr aber habt die Welt zerpflückt,
Geschändet plump und roh,
Habt mir mein reiches Herz zerdrückt
Und ich verblute so." —

In Zellennacht, in Wahnsinnsnacht
Entschlief ihm Schmach und Pein.
Was ihm da draußen nie gelacht,
Hier nannt' er's dreifach sein.

Er sah verzückt den Himmel auf,
Sah Krone nah und Kranz,
Und sterbend schwang er sich hinauf
Zu vorgeahntem Glanz.

Unter der Maske.

1.

Du Kleine mit den Veilchen und den Rosen
Im Korbe, laß mir beine buftige Fracht,
Und gieb dich selbst zum Küßen mir und Kosen.

Sei mein für eine einzige luftige Nacht.
Mir sagt bein Blick: Auch dich verlangt zu leben,
Die Frucht zu koften, die so lockenb lacht.

So brich sie nun bir im Entgegenheben.
Nicht auf bem Teller wirb sie uns krebenzt,
Dem Zagen bleibt sie unerreichbar schweben.

Dir beugt ben Zweig, baran sie golbig glänzt,
Dienftwilliger Zufall, schönes Kind. O eile,
Sei fröhlich, eh das Leben bich entlenzt.

Hier haft bu Gelb für beine Blumen. Teile
Mit mir die Stunden. Ift doch Fasching heute.
Zum nächsten Juben folg mir ohne Weile.

In schimmernbe Gewänder eh' bich's reute,
Soll er bich kleiben ganz nach Wunsch und Wahl.
Du nickft, bu willft, bu meine holbe Beute?

Komm benn! Heut schwingt die Freube ben Pokal.

*   *   *

2.

Im engen Jägerwams und Federhut,
Am Gurt den Fänger, schreit ich dir zur Seite.
Du schielst verliebt: Wie steht der Rock dir gut.

Und du, mein allerlieblichstes Geleite,
Zigeunerkind in goldgesticktem Mieder,
Bleibst Siegerin in jedem Schönheitsstreite.

So durch die Menge gehn wir auf und nieder,
Gedrängt, gepufft, getreten und geschoben.
Jetzt kurz getrennt, eint uns der Zufall wieder.

Gelinde Furcht befällt dich in dem Toben.
Zum ersten Mal heut hast du dich vermummt,
Und fühlst dich fremd in all den Flitterroben.

Mich aber wundert's, wie so bald verstummt
Dein kleiner Mund, der erst so herzlich lachte,
Von plumpem Witz und leichtem Scherz umsummt.

So sage mir, wie sich dein Köpfchen dachte,
Des Faschings lustigen Maskerabenschwank.
Zürnst du, daß ich in diese Welt dich brachte?

Da blitzt durch Larvenschleier sternenblank,
Entgegen mir dein märchentiefes Auge
Ein stummberedtes: Lieber, habe Dank!

Und dann dein Wort: „Ob ich zum Fasching tauge?
Ich zweifle selbst. So schwül macht mich's, so wirr.
Die Lust erstirbt in losen Spottes Lauge.

Und doch." — Sprich Kind, und doch?, „Ich rede irr."
Du bist erregt, wie dir der Atem fliegt.
Komm Mädchen, abseits von dem Tanzgeschwirr.

Wo weich der Leib auf sammtnem Sitz sich schmiegt,
Sag offen, ohne Scheu, was ist's, was weiter
Dein Kopf an schlafenden Gedanken wiegt?

„O zürne nicht. Ich wär' so gerne heiter,
Doch läßt der Tag mich nicht mit seinen Sorgen.
Ich bin nun so. Ach, andre sind gescheiter.

Sie können sich ein flüchtig Glück erborgen
Und sich belügen an dem Flitterschein,
Ich aber denke immer nur an morgen,

Und möcht' doch auch gern einmal glücklich sein.

* * *

3.

Karl! Kellner! Eine Flasche her, Burgunder.
Nun trinke Kind, und deine Fröhlichkeit
Entzündet wieder sich an diesem Zunder.

Nach uns die Sündflut! Nützen wir die Zeit.
Was kümmert uns der Morgen, wenn das Heute
Mit Freudenrosen licht uns überschneit.

Wie mich es doch so recht von Herzen freute,
Als frohe Lust aus deinen Augen drang
Beim ersten Anblick der geputzten Leute.

Wie mir dein Lachen in die Seele klang,
Das kindlich heitre, und nun Thränen? Trink!
Sei fröhlich diese wenigen Stunden lang.

Die kurze Nacht vergeht nur allzuflink.
Ach, könnt' ich's machen, sollt' sie ewig dauern,
Die Stunde stehn vor meinem Herrenwink,

Die Zeit sich still zu beinen Füßen kauern,
Als treue Sklavin, und kein Morgen träfe
Dich jemals um ein schönes Gestern trauern,

Und Frohsinn kränzte deine junge Schläfe.

*   *   *

4.

Rasch rollt der Wagen übers rauhe Pflaster.
Zu hurtig ist mir selbst der Droschkentrott,
Und gern gebot ich halt dem dürren Haster,

In meinen Arm geschmiegt sieht dich voll Spott
Und boshaft lächeln unser vis-à-vis,
Der blinde Passagier, der kleine Gott,

Wie schnell diesmal sein Schelmenstück gedieh.
Oft dauert's Wochen, eh sein Plan gelingt,
Fehl aber schlägt's dem überlistigen nie.

Ist's noch der Wein, der feurig dich durchbringt,
Ist's Amors Gift, das deine Kraft dir bricht,
Und näher deinen süßen Leib mir bringt?

Dein Auge leuchtet wie ein flackernd Licht,
Bewegt vom Wind, heiß flammen deine Wangen,
Indeß dein Mündchen irre Worte spricht.

Bacchus und Amor halten dich umfangen.
Die beiden jagen oft im schlimmen Bunde.
Vereinter List bist du ins Netz gegangen

In einer einzigen unbewachten Stunde.

*   *   *

5.

In ferner Vorstadt, wo die Armen wohnen,
In engem dumpfen Gäßchen, hausst auch du.
Der Wagen hält, den Kutscher gilt's entlohnen.

Mit blöden Augen blinzt er frech uns zu,
Und breit und schleimig, auf dem Faunsgesicht,
Ein häßlich Lächeln, höhnt er: gute Ruh.

Im Thorweg noch, trüb brennt das müde Licht
Der schmutzigen Laterne, Kuß um Kuß.
Du läßt den Arm von meinem Nacken nicht.

Willst du schon fort? fragt Vorwurf und Verdruß.
Zeit wird's, so bräng ich, geh, der Wind weht kalt.
Ja, gleich, leb wohl! schwer wird dir der Entschluß.

Noch einmal küßt du mich mit Herzgewalt,
Dann hat den Lippen leise sich entrungen
Ein schluchzend: „Gute Nacht". — So bleib noch, halt!
Und schon hat uns der bunkle Flur verschlungen,

Die Teufelsbraut.

Der Teufel auf die Erde ging,
Daß er sich eine Seele fing.
Da kam er an ein letztes Haus,
Sah grad ein junges Weib heraus.

Die hatt' ein schön und schier Gesicht,
Aber glücklich sah sie nicht.
Da sprach er sie gleich freundlich an,
Was man ihr hätt' zu Leid gethan,

Ach, sprach sie, wenn ich's euch auch sag',
Hilft mir doch nicht mein Weh und Klag.
Niemand kann stillen mein Begehr,
Und wenn's der Teufel selber wär.

Der Teufel spitzt die Ohren sein:
Vielleicht kann euch geholfen sein,
Vertraun zur rechten Zeit bringt oft
Heimlich Gewünschtes unverhofft.

Da merkte sie an Wort und Ton
Gleich, daß er sei der Höllen Sohn,
Wie denn die Weiblein stets, die schlaun,
Wissen gar bald ob wem zu traun.

Ein wenig schwül ward ihr und eng,
Hatte Bedenken eine Meng',
Aber, ob mit oder ohne Will',
Konnt' nicht das Mäulchen halten still.

So denn Herr Satan erfahren, was
Dem hübschen Aff verdarb den Spaß:
Ein weißes Haar hatt' ihr gezeigt,
Daß jeder Tag zu End sich neigt.

Sollt' alles einmal verloren sein,
Ihr voller Busen, ihr schwellend Bein,
Ihr Auge, das wie Kohle schaut,
Die weiße, sammetweiche Haut.

Das war nun kein besondrer Fall,
Drum grämen sich die Weiblein all',
Und manch' verblühende Jungfer bat
Schon heimlich um des Teufels Rat.

Der ließ auch diesmal sich herbei,
Zu zeigen, was alles möglich sei,
Wenn man nur keck und ohne Weil
Sucht an der rechten Thür sein Heil.

Versprach ihr auf sein Teufelswort
Ihre Schönheit sollte blühen fort,
So lange bis sie nicht verdröß'
Der Pakt, den sie mit ihm jetzt schlöß.

Sollt' eine ewige „Jungfrau" sein
Mit glattem Antlitz und festem Bein,
Sowie sie aber Reu' verspürt',
Würd' sie vom Teufel heimgeführt.

Ei, dachte sie, der Handel lohnt.
Das Jungsein wird man bald gewohnt,
Der kommt wohl nie, der jüngste Tag,
Wo ich nicht leben und lieben mag.

So war der Handel denn geschehn,
Der Teufel hätte können gehn,
Doch juckt es ihn, von seinem Lohn
Ein Vorschmäcklein zu haben schon.

Ihr seid fürwahr, so hub er an,
Gefährlich jetzt für jeden Mann,
Da es denn wohl verzeihlich ist,
Wenn auch der Teufel sich vergißt.

Und legt ihr um die Hüften breit
Den Arm voll heißer Zärtlichkeit.
Mit sanftem Druck sie an sich zog,
Daß ihr ein Seufzerlein entflog.

Ihr war so seltsam gar zu Mut
Bei seiner höllischen Liebesglut,
Ließ still's geschehn, mit Augenschluß,
Dann gab er ihr den Teufelskuß.

Noch lang, nachdem er von ihr ging,
Sie spürte, wo er sie umfing.
Wie Feuer brannte ihr der Mund,
War fast von seinem Kusse wund.

Konnt' nicht vergessen all' ihr Tag,
Wer auch in ihren Armen lag,
Des Teufels Zärtlichkeit; es schien
Der Kühnste ein Eisblock gegen ihn.

Es hatt' von seiner Höllenglut
Sich mitgeteilet ihrem Blut,
Und manchem Knaben wurde bang,
Wenn ihn die Teufelsbraut umschlang.

Balb mied der eine aus Furcht ihr Haus,
Den andern warf sie selbst hinaus,
Weil ihrer höllischen Liebesbegehr
Keiner Mutter Sohn genügte mehr.

Saß bald allein in ihrer Stub',
Und sich in ihre Träume vergrub,
Dabei trotz allem ihrem Gram
Ihre Jugend und Schönheit ab nicht nahm.

So saß sie wieder still einmal
Allein in ihrem Minnesaal,
Als sie ein Klopfen an der Thür
Aus ihrem Brüten schreckt herfür.

Stand da ein großer, schöner Mann,
War so was königliches dran,
Hatt' so eine große, freie Manier,
Trat auf ganz ohne Scheu und Zier.

Er sprach sie an, so von oben herab,
Schien nicht, daß er sich was vergab;
War nicht freundlich und war nicht grob,
Daß sie ward schier befangen darob.

Er hatt' ein schwarzes Augenpaar,
Und kurzes, dunkelschwarzes Haar,
Eine Haut fast wie Mahagoniholz,
Und trug den Kopf gerad und stolz.

Kein Stündlein waren sie beisamm,
Da war sie schon ganz Feuer und Flamm.
Er war der Schönste und der Best',
Der je gewesen in ihrem Nest.

Wollt' ihn zuletzt nicht laſſen frei,
Sollte ihr ſagen, wer er ſei.
Er aber lächelte nur ſchlau,
Das müßt' er ſelber nicht genau.

So ihr Begier und ihr Begehr,
Wußt er zu reizen immer mehr,
Bis er ſo weit ſie kirre hatt',
Daß ſie ſich weinte herzlich ſatt.

Da ſprach er: Weiberthränen, ach,
Den ſtärkſten Ritter machen ſchwach,
Und ich ſollt' euer widerſtehn?
Will euch nicht länger weinen ſehn.

Zwar, wer ich bin, und wie ich heiß',
Das darf ich geben niemals preiß,
Doch wollt' mein Ehgemahl ihr ſein,
Lad' ich zu eitel Glanz euch ein.

Da war es mit den Thränen aus,
Schlug um gleich in ein Freudenbraus;
Sie ging am liebſten gleich vom Platz
Zum Herrn Paſtor mit ihrem Schatz.

Kaum aber an den frommen Mann
Hatt' ſie gedacht nur, als es rann
Schon eiskalt über die Leber ihr,
War ohnmächtig geworden ſchier.

Sie mußt', das auf dem Paſtorat
Man nichts ohne Papiere that.
Und ach, ſchon lange ſtimmte nicht
Ihr Taufſchein mehr mit dem Geſicht.

Sie war wohl an die fünfzig und mehr,
Sah aus, als ob sie neunzehn wär',
Was selbst den allerfrömmsten Mann
Zu einem Ungläubigen machen kann.

Da seufzte sie aus Herzensgrund:
Was schloß ich auch den Teufelsbund,
Es muß nun alles an das Licht,
Und weiß er's erst, nimmt er mich nicht.

Doch kaum der Seufzer ihr entschwand,
Ward weiß vor Schreck sie, wie die Wand.
Ihr Schatz hatt' sich verwandelt ganz,
Hatt' einen Huf und Ringelschwanz.

Grinste und sprach: Es gilt der Pakt!
Der Teufel braucht keinen Ehekontrakt.
Das Kirchlein wird auch nie gebaut,
Wo ein Pastor den Teufel traut.

Schlug ihr den schwarzen Mantel um,
Sie ließ ihn machen, steif und stumm.
Dann ging mit Stank und Höllenbraus
Die Hochzeitsfahrt zum Schlot hinaus.

Die Schiffbrüchigen.

Die Schiffbrüchigen.

1.

Wir waren zu viert. Die Felsen, steil,
Hochragend, umtoste der wütende Sturm,
Der hatt' uns getroffen mit heulendem Pfeil,
Den Tod geschworen dem Menschenwurm.
Zerschellt, zersplittert am Stein das Schiff,
Verschlungen fast Alle. Ein Krach, ein Schrei —
Hohn bonnert die Tiefe hinauf zum Riff,
Hohn gellen die Lüfte — und alles vorbei.

Nur wir, von dreißig die einzigen, lagen
Auf felsigem Ufer, zerschunden, zerschlagen,
Frostschauernd, durchnäßt von der salzigen Flut
Bis auf die Knochen, erstarrt das Blut.
Im Rücken das springende Ungeheuer,
Das tobende Meer, gebuckt zu neuer
Raubhungriger Mordthat, vor uns die Klippen,
Die zackigen, kantigen Felsenrippen,
Und um uns, mit Heulen, Toben und Schnaufen,
Der Wellenpeitscher, der Felsenrüttler,
Der Sturm, der jauchzende Schwingenschüttler.

Jens Jensen, wir nannten den roten ihn,
Der wildeste unter dem wilden Haufen

Des Schiffsvolks, dem das Haupthaar schien
Und der struppige Bart wie flammende Lohe,
In Furcht hielt er alle, der Wüste, der Rohe,
An Kraft ein Stier, an Wildheit ein Tiger,
Jens Jensen war der erste auch jetzt,
Der hoch sich reckte, ein trotziger Krieger,
Der sich zum Kampf in Bereitschaft setzt.
Nach oben wies er: „Wir müssen hinan!
Nur frisch! Wir müssen schon, Steuermann.
Hier holt das gefräßige Vieh uns doch,
Das nimmersatte, zum Frühstück noch."

Ich raffte mich auf und sah nach dem Jungen.
Er war mir zur Seit in die See gesprungen,
Blaß lag er und blutend und atmete schwer.
„Jens, der kommt nimmer nach oben mehr."
„Der kommt nach oben! Geht's anders nicht,
So trag ich ihn schon, das Kindergewicht."
Und wahrlich, Arme wie seine, trügen
Wohl dreifache Last, ich will nicht lügen.
So nahm er ihn denn wie ein Kind, eine Puppe,
Warf noch einen Blick auf die Felsenkuppe,
Und „Vorwärts!" überschrie er den Sturm,
„Die Zähne zusammen, hinauf auf den Turm!"

Und er voran und wir hinterdrein,
Das Mädchen und ich. — Ja, ein Mädchen stand,
Eine blühende Jungfrau, halbnackt, allein
Unter rauhen Männern am rauhen Strand,
Mit uns dem Schrecklichsten preisgegeben,
Schiffbrüchiger Los, das elende Leben

Auf einsamer Insel fristend vielleicht
Bis ans einsame Grab. Doch hatten wir jetzt
Zu solchen Gedanken nicht Zeit. Zerfetzt,
Zerschunden, mit blutenden Händen und Knien
War langsam der erste Vorsprung erreicht.
Das Muß hatt' dem Schwächsten Kräfte verliehn.

Doch Jensen trieb weiter nach kurzem Verschnauf,
Höher hieß es, höher hinauf!
Und ohne zu klagen, die Zähne gepreßt,
Die Arme straff, die Lenden fest,
So klomm sie vorauf, und ich in der Nähe,
Wenn ihr fehltretend ein Unglück geschähe.
Trotz Sturm und Graus und keuchender Brust
Sah doch mit geheimer, innerer Lust
Das prächtige Weib um ihr Leben ich ringen,
Gepeitscht von des Sturmes gewaltigen Schwingen.

Halb waren wir oben, da schwand die Kraft
Auch Jens, dem das Tragen die Sehnen erschlafft.
Der Junge stöhnte. Zum Glück bot hier
Eine Felswand, breitlagernd, einigen Schutz.
Zusammengekauert auf engem Raum,
So lagen erschöpft aneinander wir,
Vom Unglück vereint zu Schutz und Trutz
In der Wildnis von Stein. Kein Strauch, kein Baum,
Kein Halm. Nur Felsen, Schutt und Geröll.
Ich lauschte, ob nirgendwo erschöll
Ein Laut durch den Sturm, ein Menschenruf,
Ein Hundegebell, eines Tieres Laut,

Denn immer wieder die Hoffnung schuf
Sich rettende Bilder und sah bebaut,
Bewohnt das Eiland. Doch durch das Schnauben
Der Lüfte drang nichts, als der Meerestauben,
Der Möven Geschrei, die mit ängstlichem Fliegen
Uns umkreisten, als wir die Felsen erstiegen.

Und keiner von uns sprach nur ein Wort.
Die Lungen keuchten, die Lider fielen,
Von Schlaf bezwungen, die Arme sanken,
Das Haupt, erschöpft auf die harten Dielen.
Ich weiß nicht, wie lange ich lag so fort.
Als ich erwachte, saß sie bei dem Kranken,
Beim leidenden Jungen, und wusch ihm die Wunden
Mit Regenwasser, und als er, verbunden,
Und sorgsam gestützt, zum ersten Mal
Das Auge erhob, welch' ein Liebestrahl,
Welch' ein Mitleidleuchten in ihrem Gesicht.
Und er lächelte dankbar, der arme Wicht.

Ein wenig seitab lag Jens entschlafen,
So friedlich, als wär' er im sicheren Hafen,
Vielleicht fand er im Traum sich wieder
Bei der schwarzen Marie in der Hafentaverne,
Und hörte der Kleinen lüsterne Lieder
Und traktierte mit Grog sie. Den trank sie so gerne.
Ich sah seine Rippen sich dehnen und heben
Unter dem wollenen Hemd, und sah das Leben,
Das kraftvolle, diese Glieder schwellen,
Hörte den Atem in ruhigen Wellen
Der Tiefe der breiten Brust entquellen
Und fühlte Neid auf den starken Gesellen.

Doch endlich löste auch ihm der Schlaf
Von den Lidern sich ab, und sein Auge traf,
Verwundert, als wüßt' er nicht wo und wie,
Die seltsame, fremde Scenerie,
Bis er sich besann und mit kräftigem Fluch
Seinen Traum sich aus dem Kopfe schlug.

Und wieder hieß es: Nach oben! weiter!
Auf rauhem Pfad, ohne Strick und Leiter.
Doch Paul, der Junge, stöhnte leis
Und wollte nicht weiter, um keinen Preis.
Da erbot ich mich, einen Weg zu spüren,
Der uns vielleicht bequemer möcht' führen,
Und klomm hinan und spähte und fand
In geringer Höh' einen Pfad, der wand,
Roh von der Natur geschaffen, sich
Schlängelnd bergan. Dem folgte ich.
Bald sah ich mich auf dem höchsten Kamm
Der Felsenmauer, und sah, es schwamm
In Freudenthränen mein Auge, gelehnt
An dem felsigen Hang ein waldiges Thal
In üppigen Grün und breit gedehnt,
Und sah einen Quell, einen Bach, einen Teich
Herüberblitzen aus grünem Reich,
Und spürte doppelt des Durstes Qual.

O, nur ein Gefäß, eine Hand voll nur
Vom erquickenden Naß! Doch ich mußt mich bescheiden,
Und eilte zurück, verfolgend die Spur
Des Weges, und durfte nicht Aufenthalt leiden

Und wie ich so freudig bergab nun flog,
Von Weitem schon winkte und rief, da zog
Ein Freudenschimmer, ein Hoffnungsschein
Selbst über das blasse Gesicht des Jungen.
Mit einem Satz war ich hinabgesprungen
Zu ihnen, den letzten ragenden Stein:
Wie wären gerettet! Wald, Wiese und Quell!
Wir wären geborgen! — Wie sprangen schnell
Die müden Gefährten empor. Der Kranke
Selbst raffte sich auf. Ihn hielt der Gedanke
Der nahen Rettung ein Weilchen gar
Noch aufrecht. Aber zu mühsam war,
Zu beschwerlich der Weg, und wieder nahm
Auf dem Arm ihn Jens, daß er mit uns kam.

Wir zwei jetzt voran; und die frohe Hast
Die mich vorwärts trieb, ließ vergessen mich fast,
Daß nur ein Weib mir zur Seite ging.
Und als ich gemäßigt den drängenden Schritt,
Sah ich, wie sie zu zittern anfing
Und erblaßte, die Augen schloß und schwankte.
Da fuhr mir's durchs Hirn, wenn auch sie erkrankte
Eh wir erreicht das rettende Thal.
Ich sah ihr im Antlitz die stumme Qual,
Obgleich sie matt lächelnd die Schwäche bestritt,
Und bot ihr den Arm und stützte sie fest.
Und so umschlungen den letzten Rest
Des Wegs, halb hielt, halb trug ich sie nun,
Und fühlte den herrlichen Körper ruhn
In meinen Armen, und ein Zittern durchfuhr
Mir jeden Nerv, und ich litt dabei.

Und schweigend gingen wir weiter nur,
In einsamer Wildnis allein wir Zwei.
Denn weit zurück war mit seiner Last
Jens Jensen, die oft ihn zwang zur Rast.
Doch endlich erreichten wir alle das Thal.
Der Sturm war gebrochen, ein blitzender Strahl
Der Sonne drang siegreich ins Wolkengehaber
Und trieb auseinander das schwarze Geschwader.
Und vor uns der Wald, der grünende Plan,
Und oben der Himmel nun aufgethan,
Und ruhig die Lüfte und wärmer, da war
Es uns allen, als wäre vorbei die Gefahr,
Und irgendwo müßt in den grünen Gründen
Ein Menschenlaut glückliche Rettung uns künden.

2.

Schon Stunden irrten wir hin und her,
Und fanden nicht, was das Herz ersehnte.
Nur Wildnis ringsum und menschenleer,
Und dunkel der Schatten des Abends sich dehnte.
Da flochten wir Zweige zu Zweigen zum Dach,
Und rissen vom Boden das Kraut und die Halme.
Und säuberten ihn, und unter der Palme
Bereiteten so wir ein Schlafgemach.
Dann wiesen wir jedem sein Lager zu eigen,
Und brachten den knurrenden Magen zum Schweigen
Mit Rinden und Wurzeln und was sich so findet
An Früchten im Walde, wo Furcht doch bindet
Die lüsterne Hand, mit giftiger Speise
Auf einmal zu enden die Jammerreise,

Leben genannt. Der Mensch ist so schwach,
Trotz allem Elend und Ungemach.
Sieht Glück wie den Wind, wie ein flackernd Licht
Im Sumpf, aufspringen und necken und narren,
Eitel Alles, ohne Bestand, ohne Beharren,
Wer aber hängt sich ans Leben nicht
Und fürchtet die Frucht nicht, die Frieden ihm bringt,
Das Wasser, das lockend von Ruhe ihm singt,
Und läßt seinen Leib in des Hungers Krallen,
Selbst hungrigen Würmern zum Fraß, gern zerfallen?
So nährten wir uns so gut es ging,
Und stillten des wütenden Hungers Plagen,
Und aßen von Früchten, die wir gesehn,
Und schlürften den Saft mit wildem Behagen,
Und unserer Gier war nichts zu gering.

Die Wipfel rauschten in lindem Wehn
Der Nacht hoch über die fremden Schläfer.
Neugierig umsurrten uns glänzende Käfer;
Goldflügelig, schillernd, wie Lichter gleißend,
Umschwirrten Insekten uns, stechend und beißend.
Ein seltnes Gevögel mit buntem Gefieder,
Paradiesvögel, Kolibri, Papagein,
Flog durch das Gezweig oft mit wildem Schrein,
Oft lautlos, gespensterhaft, auf und nieder.

Rings Wald nur und Wald. Hochstämmige Palmen,
Und wieder im Wald noch ein Wald von Halmen,
Von riesigen Farren und dichten Gehängen,
Von Schlinggewächsen, ein Streben und Drängen
Zum Lichte, nach oben, ein Wirrwarr von Pflanzen,

Von Blättern und Blüten, ein Schwirren und Tanzen
Von Flügelgetier in schillernden Farben,
Ein üppiges Leben ohne Hungern und Darben.
Der Mensch allein in der Üppigkeit
Den Qualen des langsamen Sterbens geweiht,
Dem Hungertode?

                    Ich wachte allein
Die letzten Stunden der Nacht   Mich fror,
Bis durch die Palmen der erste Schein
Des kommenden Tages brach bleich hervor.
Ich dachte zurück an die Heimat lang,
An die alte Mutter, die froh und bang
Der Rückkehr harrte der „Marie-Anne",
So hieß das Schiff, und die Tage zählte
An den Fingern sich ab wohl zehnmal, wann
Die schmucke Brigg in den Hafen lief.
Wie der Gedanke mich an die Mutter quälte.

Und ich dachte der Frieda, der Nachbarin,
Der freundlichen blonden.   Es war mein Sinn,
Zum Weib sie zu nehmen, und halb schon gab
Mir das Jawort sie, und ich schrieb einen Brief
Noch vom letzten Hafen.   Die Post ging grad ab,
Und ich mußte mich eilen.

                    Jens Jensen gähnte
Erwachend und sah, wie ich sinnend lehnte
Am Stamm, und rief mir zu „guten Morgen".
War immer voll Mut und ohne viel Sorgen.
Ja, hätten das Weib wir nicht und den Jungen,
Wir beide hätten uns durchgerungen,

Wie Robinson und sein Freytag. Es müßte
Doch einmal ein Schiff unsrer einsamen Küste
Sich nähern, so dacht' ich und anderes mehr.
Die Beiden doch machten das Herz mir schwer.
Und sie trug's doch geduldig ohne Murren und Plaj.
Wir sahen sie an, wie schlummernd sie lag,
Und lange an, doch keiner gab kund,
Was sich regte in tiefstem Herzensgrund.

Und das Tagesgestirn erklomm seine Bahn
Mit stetigem Lauf und der Wald war erwacht,
Und lärmend verdoppelt das Leben der Nacht.
Da brachen wir auf, stets der Richtung nach,
Wo ich wähnte, es flösse der Quell, der Bach,
Wo wir glaubten, daß nahe den Wiesengründen
Vielleicht gar menschliche Wohnungen stünden.

Doch das Tagesgestirn erklomm seine Bahn
Mit stetigem Lauf, und noch immer sahn,
Als Mittag die sengenden Pfeile sandte,
Wir Wald und Wald nur, wohin auch wandte
Der fiebernde Blick sich. Und Zagen zog
Ins Herz mir da, und ich dachte, warum
Wir nicht an dem Strand, auf dem Felsen geblieben,
Statt zu irren hier in der Wildnis herum.
Vielleicht war ein Schiff schon vorbeigetrieben,
Und es hätt' uns gesehen, und wir wären geborgen.
So warf ich mir vor und machte mir Sorgen.

Jens Jensen brummte und fluchte nur immer,
Doch trieb er's an Bord noch weitaus schlimmer,

Ein Zeichen, daß auch er das Grauen empfand,
Das uns andern fast immer die Zunge band.
Das Mädchen mühte sich um den Knaben,
Eine Mutter konnt' sich nicht sorglicher haben,
Und kühlte die Wunden, die schlimmen ihm, wie
Das Mitleid, der Wunsch zu helfen, ihr's lieh,
Mit Blättern, mit Tüchern voll feuchter Erde,
Und trug von uns allen die meiste Beschwerde.

Der Junge war dankbar und küßte oft stumm
Die Hände dem Mädchen. Dann wandt' sie sich um,
Errötend wohl gar, wenn wir es gesehn.
Doch lange, so sah ich, würd's nimmermehr gehn
Mit dem Jungen. Der Atem ging pfeifend nur noch,
Ich sah, es ging aus dem letzten Loch.
Zwei Rippen gebrochen, die Lunge wund,
Wer machte ihn hier in der Wildnis gesund?

Und wie ich's voraus sah, so kam es, kam bald.
Kaum traf uns der zweite Abend im Wald,
So standen wir drei an der Leiche, schweigend,
Erschüttert das Haupt auf die Brust hinneigend,
Mit stummem Blick auf die schwarze Erde.
Und als ich so stand, zog wieder mir sacht
Durch die Seele, wie in der stillen Nacht,
Der Mutter Bild, und ich wandte mich ab,
Vor den Andern zu bergen die Schmerzgeberde.

Auf den Knien, mit den Händen, so haben ein Grab,
Jens Jensen und ich, wir gescharrt, gegraben,
Nicht tief und nur schmal, drin legten den Knaben
Wir sorgsam hinein zur ewigen Ruh,

Das Mädchen drückte die Augen ihm zu,
Dann sprachen ein stilles Gebet wir drei.
Mir fiel nur das Vaterunser bei,
Das sagte ich her bis zur Hälfte und dachte
Dann heim, weit fort, an den Schulkameraden,
Der einst in der Elbe ertrank beim Baden,
Und den ich mit zu Grabe brachte,
An den Lehrer, und an den Pastoren, der mich
Confirmierte, und dachte noch an, Gott weiß,
An den Zirkus, und wie wir vom Bretterzaun
Hatten freien Blick, und mich faßte ein Graun,
Und heiß überlief es mich, siedend heiß,
Und ich schämte mich dieser Gedanken jetzt,
Und die wunderliche Zerstreuung entwich
In unterdrücktem Weinen zuletzt.

Mit Farren und Palmen und was sich so fand,
Bedeckten wir den Hügel von Sand
Und kratzen zum Zeichen ein Kreuz in die Rinde
Des nächsten Baumes, als ob ihn wer finde,
Als ob ihn besuche wer jemals hier.
Und weiter gingen dann schweigend wir
Und suchten ein Lager uns für die Nacht,
Ich weiß nicht, wie lange wir drei noch gewacht,
Und wer zuerst in den Schlummer fiel.
Schon hoch stand die Sonne, als jäh ich empor
Aus den Träumen fuhr, ihrem spukhaften Spiel.
Jens Jensen lag noch fest auf dem Ohr
Und schnarchte wie immer. Sie aber saß
Abseits auf einem Baumstumpf. Ich sah,
Sie hatte geweint, und ihr Antlitz war blaß;
Stumm saß sie, die Hände gefaltet, da.

3.

Und zum dritten Mal kochte die Mittagsglut
Die Palmenwipfel, da lichtete sich
Der Wald, und wir fanden den Weg hinaus
Aus dem Pflanzengewirr und atmeten tief,
Wie befreit aus langer Gefangenschaft Graus.
Die Hoffnung zog ein, die Furcht entwich,
Und grün lag das Land in des Friedens Hut,
So lag es vor uns, und in Mitten lief
Die Quelle, der Bach, das Wasser blank.
Da weinten wir und stammelten Dank.
Und sanken aufs Knie und schöpften mit Händen
Das kühle Naß, den entbehrten Trank.
Und wie wir gekräftigt zum Gehen uns wenden,
Da sehn wir im Gras, fußbreit, einen Pfad,
Einen richtigen Pfad und fast schnurgerad
Und fleißig betreten. Dem folgen wir dann,
Ich hinter dem Mädchen, Jens Jensen voran.

Und wie wir es hofften ein jeder, und doch
Zu sagen sich niemand getraute, so fanden
Wir's wirklich, als weiter eine Strecke noch
Den Pfad wir gingen. Vier Palmen standen,
Und weiter noch sechs oder sieben, als Posten
Hier vor in die grünende Ebne geschoben,
Und unter den ersten vier ragende Pfosten,
Mit Zweiggeflecht an den Seiten und oben,
Ein Haus, eine Hütte, von Menschen erbaut.
Wer mochte hier in der Wildnis wohnen?
Wir standen von Weitem und schauten und schauten.

Wer schilt uns, daß wir nicht gleich uns getrauten?
So standen wir lauschend und spähten umher,
Und jedem ging hastig der Atem und schwer,
Und klopfte das Herz. Doch alles blieb stumm.
Kein menschliches Wesen, kein menschlicher Laut,
Nur Rauschen des Windes im Grase ringsum
Und kräftiger hoch in den Palmenkronen.
Da faßten wir Mut und gingen grabaus.
Jens Jensen trat zuerst in das Haus
Und spähte und winkte uns näher. Wir fanden
Halb offen die Thür, und wir traten ein
Und waren im niedrigen Raum allein.

Eine leere Hütte. Nichts war vorhanden,
Sie wohnlich zu machen. Kein Stuhl, kein Tisch
Und kein Bett. Nur vier kahle Wände. Frisch
Aus dem Seitengeflecht, hier, da, ein Sproß,
Ein lustig grünender, schwankender Schoß
In den dämmrigen Raum hineingestreckt,
Armlang und mit leichtem Gespinnst überdeckt.
In der Ecke ein Haufe trocknen Laubes,
Unter der Decke zollhohen Staubes,
Schien als Lager gedient zu haben.
Nichts weiter! Und doch, im Dunkel dort,
Nur zögernd nahm ich's vom Boden fort,
Ein Trinkgefäß, eine hohle Nuß.
Wen mußte die ärmliche Schale erlaben?
Schon lange nicht mehr mit dem staubigen Rand
Sich durstige Lippe zusammenfand.
Und schnell mit geheimem Grauen, als säß
Ein Zauber drin, warf ich hin das Gefäß.

Und suchend setzte ich weiter den Fuß,
Und ging um die Hütte und weiter noch,
Nach den Palmen, den sieben, hinüber, zehn Schritte.
Und wie ich betrete den schattigen Raum,
Ich trau' den entsetzten Blicken kaum,
Und fahre zurück, und stiere doch
Gebannt auf das Schreckliche hin und stier'.
Da saß in des frieblichen Wälbchens Mitte
Ein Toter, ein menschlich Gerippe hier:
Kein Kleid, kein Fleisch, nur bleichende Knochen.
Und ich sah, der lag da nicht Tage, nicht Wochen,
Der saß da, gelehnt an den Palmenbaum,
Wohl Monde und schlief den Schlaf ohne Traum,
Den ewigen Schlaf in der Wildnis hier.
Und über die Knochen kroch Tier an Tier,
Und aus den Höhlen der Augen, der Nase
Sah Würmer ich schlüpfen und sah im Grase
Die eklen Geschöpfe in Reihen, in Haufen
Das einsame, bleiche Gerippe umlaufen.

Und ich rief die Gefährten, und schaudernd standen
Und schweigend wir. Wer war's, den wir fanden?
Ein Wilder? ein Weißer? ein Seemann? wie wir
Von den Stürmen verschlagen, gestranbet hier,
Ohne Hülfe, ohn' Rettung in langer Qual
Dem Würger Tod zum Opfer gefallen?
Drohte ein Gleiches nicht auch uns allen?
Und plötzlich erblaßte der letzte Strahl
Die Hoffnung in mir, und ich dachte, wann mag,
Wie bald mag kommen der schreckliche Tag,
Wo hingegeben den Würmern zum Fraß

Du liegst und die andern am Boden, im Gras,
In der Sonne Glut, und über euch gehen
Die Tage, die Jahre, die Winde verwehen
Den Staub, und die drüben warten und weinen,
Und weiß keine Seele, wo Kreuz und wo Grab,
Und wer euch die letzte Tröstung gab.

Und wie wir gefürchtet, so war es nachher:
Die Insel war einsam und menschenleer,
Von Felsen ummauert ein stilles Thal,
Und auf dem Felsen, der langsamen Qual
Des Hungertodes war preisgegeben,
Wer dort, zu rett'en sein elend Leben,
Von Klippenhöhen mit Hoffen und Graun
Sich blind nach rettenden Schiffen wollt' schaun.
Hier boten die Früchte, die Wurzeln, der Bach
Doch spärliche Speise, hier war doch ein Dach,
Eine Hütte von einem aufgezimmert,
Dem nie wohl im Hirn eine Ahnung geschimmert,
Er könnte für andre sein Häuschen errichten,
Es gegen die Glut und die Winde dichten,
Für andre, für Erben, die nie er gesehn,
Sein notgeborenes Werk lassen stehn.

Auch uns zwang die Not nun, uns einzurichten.
Uns schien es so viel, als auf Rettung verzichten,
Doch hofften wir dennoch von Tag zu Tage,
Wochen, Monde vergingen, doch
Wir hofften, hofften immer noch
Und hofften und zagten und hofften, ich sage
Ein Jahr und noch eins, und es kam kein Schiff,

So oft wir auch standen auf ragendem Riff,
Wohl Tage lang oft und spähten uns blind.
Doch nichts als Wellen und drüber der Wind,
Die Sonne, die Sterne, ein Kommen und Gehn,
Und die Wolken, doch niemals ein Segel zu sehn,
Kein Segel, kein Segel! — Da gaben wir's auf
Und ließen dem Zufall allein den Lauf
Und schickten uns drein. Vielleicht aus der Bahn
Geschleudert gleich uns, wie ein Ball vom Orkan,
An die Klippen geworfen gleich uns, daß Genossen
Wir fanden im Elend. Doch Stürme schlugen
Auf Stürme das Eiland im Herbst und im Winter
Und brausten im Frühling, doch niemals trugen
Die Wellen, ein Fahrzeug an unsern Strand.
Keine Hülfe, keine Rettung, so schien es beschlossen.
Wir waren ergeben. Das Heimatland
Fern, fern, und die Freundschaft, die Liebe, und hinter
Uns allen die Hoffnung verblaßt längst. So sahn
Die Zeit, eine Schnecke, vorüber wir schleichen.
Wir hungerten nicht und blieben gesund
Und lebten so hin, bis uns würde erreichen
Die letzte Ruhe, die Todesstund'.
Wir fürchteten nicht und ersehnten sie nicht,
Weil immer, trotz allem, ein Schimmer ja bricht,
Und wär's auch ein blasser, todblasser nur,
Ein Schimmer der Hoffnung durch schwärzeste Nacht.
Es ist einmal so, ist Menschennatur,
Mit Hoffnung wird der Mensch groß gemacht,
Und hofft bis zum Grab und drüber hinaus,
Doch der Tod sticht mit Trumpf, und das Spiel ist aus.

4.

Doch wie ich schon sagte, wir aßen uns satt
Und blieben gesund. Das heißt, bis auf einen,
Den raffte der Tod schon im ersten Jahr,
Und wenn ich dran denke noch, möchte ich weinen.
Noch oft in der Nacht mir sträubt sich das Haar,
Wenn dem Traum ich entronnen, heiß und matt
In den Kissen sitzend, dem schrecklichen Traum,
Den ich selbst im Grab nicht werde entgehn.
Ich sehe die Klippen, den fliegenden Schaum
Der Wogen, und höre das donnernde Meer
Und den Schrei, den Schrei darüber her.
Doch ich will erzählen, wie alles geschehn.
Zwei Männer, ein Weib, in der Wildnis allein,
Eine kleine Familie. Es lebt sich zu drein
Ja besser, geselliger noch als zu zwein,
Und ein Weib in der Wirtschaft ist immer was wert,
Und doppelt nun uns. Denn ein Weib weiß viel mehr,
Ist findiger, gewandter, zu allem geschickt.

Wir nahmen die Steine zum Bau für den Herd,
Und schlugen Feuer und kochten und brieten,
Rösteten Wurzeln und Früchte und freuten uns sehr,
Wenn Vögel einmal an den Spieß gerieten.
Jens Jensen verstand sie in Schlingen zu fangen,
Selten ist ihm ein Vogel entgangen.
Küche und Keller waren immer gespickt,   ·
Denn wir waren zu dritt ja und sorgten vereint.
Wär' jenem, dem unter den Palmen, nur ein

Gefährte gewesen, der mit ihm geweint
Und mit ihm gehofft, es möchte wohl sein,
Daß er es ertragen, wie wir es ertrugen.
Wir hielten's so aus unter fleißigem Lugen
Nach Rettung und unter dem täglichen Treiben.
Wir hielten die Hütte in wohnlichem Stand
Und richteten ein uns, als gält' es zu bleiben,
Wir hatten Tisch und Bank, und ein Jeder
Sein Lager von Streu so weich wie Feder.
Und weil sie ein Mädchen noch, zogen wir gleich
Zwischen ihr und uns eine teilende Wand
Von Weidengeflecht. Sie hatte ihr Reich,
Ihre Kammer für sich. Im Übrigen waren
Wie Brüder und Schwester wir drei. Doch dann
Mußt' es nicht kommen, konnt' anders es sein?

Jens Jensen und ich noch jung an Jahren,
Und sie so von neunzehn, unschuldig und rein,
Und gesund und kräftig und schön die Glieder,
Die Natur wollt' ihr Recht von Weib und Mann.
Bald meldete sich's, doch wir zwangen es nieder.
Und mir ward's nicht schwer erst. Ich dachte nach Haus,
An die Frieda, und wies den Versucher hinaus.

Auch sie war gleich mir durch ein Wort schon gebunden
War Braut, und wollte mit unsrer Brigg
Hinüber zu ihm, der vergebens nun harrte,
Dem Ärmsten, den so das Schicksal narrte.
Und sie liebte ihn heiß, ich sah es am Blick,
An der Thräne, die durch die Wimper brach,

Und hört' es am Klang, wenn sie von ihm sprach.
Und so klagten wir beide uns unsere Leiden,
Und es knüpfte ein Band sich zwischen uns Beiden.

Jens Jensen aber war nie für die Tugend.
Er kannte die Weiber trotz seiner Jugend,
Kannte besser sie als die zehn Gebote.
Ich sah es, wie es oft plötzlich lohte
In seinen Augen und wie die Begier
Ihm im Herzen erwachte allmählich nach ihr.
Doch muß ich es sagen, er gab sich nicht hin,
Goß Wasser in den entflammten Sinn,
Und achtete sie. Und sie verstand es,
Die Würde zu wahren, im Zaum uns zu halten.
Doch sah ich es wohl, nicht verlief so im Sand es,
Und die Zeit ließ reifen die bösen Gewalten,
Die Sündenbegier.

          Und war sie nicht Weib?
Und war nicht bethörend ihr herrlicher Leib,
Kraftstrotzender noch im Kampf um den Tag
Allmählich geworden? Wenn schlaflos ich lag
In der Nacht auf der Streu und, Wand an Wand,
Ihren Atem hörte, wie ruhig er ging,
Und die Sinne so heiß mir, so schwül alles rings,
Und ich gepeinigt vom Lager aufstand,
Da war auch die Tugend für mich ein Ding
Von wenig Gewähr. Ja, so war es, so fing's
Bei uns beiden an, und sie merkte es dann,
Und ich sah, wie sie sich zu fürchten begann,
Und wie sie litt und es doch verbarg,
Aus Stolz, und war, als hätt' sie kein Arg.

Und das zügelte uns. Und auch niemals fiel
Zwischen Jens und mir darüber ein Wort.
Wir fühlten es alle, und fort und fort,
Und fühlten es wachsen und sahen kein Ziel.

Da, einst, ich hatt' einen Tag und die Nacht
In der Höhle am Strande zugebracht
Beim Fischen und Muschelsammeln, und hatte
Den Mast befestigt, 's war mehr eine Latte,
Aufs neue wieder und auch das Tuch,
Das dort Tag ein, Tag aus im Wind
Mit klatschendem Laute Falten schlug,
Vorübersegelnden Zeichen zu geben.
Ich hatte reichlich Muscheln und Fische,
Leckerbissen unserem Tische,
Und trug sie im Netzkorb, aus Bast geflochten,
Und freute mich, wie sie uns schmecken mochten.
Wir konnten zwei Tage gut davon leben.
So kam ich zurück und traf sie allein
Und fragte nach Jens. Sie wußte es nicht:
Er möchte wohl jetzt im Walde sein.
Doch sah ich es gleich an ihrem Gesicht,
Es war was geschehen, das sie heimlich quälte
Und das sie mit Absicht mir verhehlte.
Ich fragte nicht nach und ließ sie in Ruh.
Zur Mittagszeit kam auch Jens Jensen hinzu.
Ich wunderte mich, er war befangen,
Als wär' er am liebsten gleich wieder gegangen.

Und dann beim Essen nachher geschah es,
Daß er verstohlene Blicke, ich sah es,

Und lodernde Blicke, halb Scheu, halb Haß,
Warf über den Tisch, und ich glaubte zu sehen
Dann flüchtig wie Blitzschein im Antlitz stehen
Ein Etwas ihr, wie Schauder, wie Zorn,
Das färbte die Wangen ihr rot und blaß.
Da nahm ich die beiden genauer aufs Korn.
Doch merkten sie's wohl, denn früher ließen,
Als sonst, sie allein mich. Das mußt' mich verdrießen
Nur doppelt und meinen Argwohn wecken,
Kein Zweifel, die beiden spielten Verstecken.

Und dann war alles auf einmal mir klar.
Und rief ich auch zehnmal: Es ist nicht wahr!
Es kann nicht sein! Es machte sich gelten,
Ich konnt' es nicht bannen mit Zweifeln und Schelten.
Er hat es gewagt! Und sie? — Ich fühlte
Wie heiß es mir unterm Brustbein wühlte,
Ins Hirn mir griff, und ich wollt' es nicht fassen,
Und konnte doch nicht den Gedanken lassen.
Da faßte ich Mut und trat zu ihm hin,
Und fragte Jens Jensen, nicht gerade zu,
Doch merkte er wohl, was ich hatte im Sinn.
Und er lachte nur leicht und höhnisch dazu,
Und er wurde rot und wandte sich kurz.
Mir war's, als überfiel mich ein Sturz,
Ein Feuerstrom, und ich hob nur die Hand
Und ballte die Faust ihm hinterher,
Der pfeifend hinter den Palmen verschwand.

Aber mein besseres Ich griff zur Wehr.
Er lügt! so schrie es in mir, er lügt!

Nicht hat sie sich willig der Schmach gefügt.
Sie hat sich gewehrt mit der Riesenkraft
Ihres Stolzes gegen die Leidenschaft
Und rohe Gewalt. Es bäumte empört
Sich alles in mir auf, wenn ich dacht',
Er hätte mißbraucht seine rohe Macht,
Seine Löwensehnen, zu schänden dies Weib,
Hätte besiegt diesen herrlichen Leib,
Sie hätte, bewältigt, ihm angehört.

Verruchter! rief ich, Elender du!
Und merkte im Zorn nicht, wie sachte, sacht',
Der Neid sich regte, die Gier dazu,
Die Eifersucht ihre Klauen krallte.

Das war eine Zeit! Wenn am Tag ich ballte
Die Fäuste, und Wache stand wie ein Schuft,
Saß Nachts ich aufrecht und ohne Schlaf,
Auf jeden Laut, der das Ohr mir traf,
Mit Argwohn lauschend, und fieberheiß
Selbst wilden Begierden gegeben preis,
Das Lager küssend, die leere Luft.

5.

Und so geschah es, das Grause. Mich sprang,
Ein gieriger Panther, die Eifersucht an,
Der Neid, und nährte von Tag zu Tag
Den Haß auf ihn, der im Arm ihr lag,
Die sicher in heimlicher Neigung schon lang
Dem roten Riesen war zugethan,

Denn so glaubte ich fest und wollte es glauben,
Mich selbst zu quälen. — Und so kam,
Was heute noch kann den Schlaf mir rauben,
Und meiner Seele den Frieden nahm.

Zwei Tage raste ein Sturm und zwei Nächte
Und brach die Palmen und Regen floß nieder
In Strömen. Da regte die Hoffnung wieder
In uns sich, draußen ein Wrack zu gewahren,
Das Genossen uns, oder was immer, brächte.
So gingen zum Strand wir, Jens Jensen und ich.
Von weitem schon hörten wir fürchterlich
Die Brandung toben, und oft den Halt
Auf den Felsen verwehrte des Sturmes Gewalt
Uns noch. So stiegen behutsam wir
Zu den Klippen hinab. Jens Jensen vor mir.
Jeder Schritt auf dem feuchten Gestein bracht' Gefahren.

Und wirklich! Schiffstrümmer, ein Fäßchen, zwei Planken
Trieben dort unten und stiegen und sanken,
Ein Spiel der Wellen, doch schwer zu erreichen.
Wir suchten noch weiter im Strandhinstreichen,
Doch fanden wir nichts, als dies spärliche Gut;
Wer weiß, wo verschlang das andre die Flut.
Und was sie uns gönnte, das wenige, war
Des Bergens es wert, der Müh' und Gefahr?
Doch uns reizte das Tönnchen. Was mocht es fassen?
Sollten den Fund wir schwimmen lassen?
Und wir sannen auf Mittel. Die Klippe fiel steil,
Ohne Halt für den Fuß, und zu kurz war das Seil,

Der Strick aus Bast, den wir mitgenommen,
Und schien keine Aussicht, dazu zu kommen.

Ich wollte verzichten. Vielleicht ja blieb
Das Tönnchen uns, das allmählich trieb
Stranblängs vielleicht, und die freundliche Welle
Bescheert' es uns an bequemer Stelle.
Jens aber war kühn, tollkühn, und bestand
Auf das Wagestück. Mit eiliger Hand
Zerriß er sein Hemd. „Sie flickt es mir schon!"
So rief er und lachte. Ich glaubte im Ton
Einen leisen Spott, Mißachtung zu hören,
Die Eifersucht ist ja so leicht zu betören,
Und hatte ein heftiges Wort schon bereit,
Doch hielt ich an mich und mied den Streit.

Jens hatte geschickt einen Strick gewunden
Aus Linnenstreifen, aus Linnen und Bast,
Mit sicherem Knoten zusammengebunden.
Wir zogen und zerrten und prüften. Die Last
War schwer, die das Seil hier tragen sollte,
Und ich riet noch ab. Doch Jens Jensen wollte
Das Stück unternehmen. Ihm war nicht zu raten.
Stets war er bereit ja zu tollkühnen Thaten.

So gab ich benn nach, und er wies mich an.
Er hatte den Strick sich umgethan,
Um den Leib mit der Schlinge. Und ich an dem Rand
Der Klippe den Fuß fest eingestemmt,
Den andern zurück fast gebeugt aufs Knie,
Die Muskel gespannt und die Zähne geklemmt,
So ließ ich hinab ihn die steile Wand;
Der Augenblick doppelte Kräfte mir lieh.

Und unten donnerten, brausten die Wasser,
Und zwischen dem gierigen, drohenden Schlund
Und dem heimlichen Feind, dem grimmigen Hasser,
So hing er am schwachen Seil. Und warum?
Um ein nichtiges, wertloses Gut, einen Mund
Voll Zwieback vielleicht, um ein Fäßchen Rum.

Und ich hielt und hielt, und mir klopften die Schläfen;
Ein Zittern flog mir durch Arme und Beine.
Wenn der Knoten sich löste, zerriß die Leine?
Wenn scharfe Kanten zerschneidend sie träfen?
Wie sollt' ich ihn retten? Verloren riefe
Umsonst er um Hülfe, ihn fräße die Tiefe.
Und schaudernd dacht' ich des tollkühnen Mutes,
Und heißer fühlt' ich das Klopfen des Blutes
In allen Adern, und immer noch gab
Er das Zeichen nicht, hing über dem Grab.
Da trat es zu mir, ich glaubt' es zu sehn,
Und es war so, ich sah es neben mir stehn,
Ein Nichts, ein Schatten, und ich hörte doch laut,
Und entsetzte mich, wie so deutlich es klang:
„Laß fahren den Strick und dein ist die Braut!
Laß fahren, los, was besinnst du dich lang?"
Es war ein Ton wie aus anderer Welt,
Und ich schrak zusammen und wehrte mich wild,
Und schloß die Augen, verschloß sie dem Bild,
Das ich sah von berückenden Farben erhellt.
Ich wehrte mich, wehrte mich! Aber es hackte
Mit scharfen Krallen sich an und packte
Und schüttelte mich: Sie ist dein, sie ist dein!

Teile das Reich mit ihr allein.
Was zögerst du noch? — — da — ein Ruck — ein
                            Pfiff — —
Der mit Messerschärfe mir schnitt ins Ohr.
Ich fuhr aus dem wüstem Traum empor,
Erschrak vor dem Ruck, vor mir selber, und griff
Und fiel und griff, und biß mit den Zähnen,
Mit dem vollen Gebiß in den stürzenden Strick,
Und straffte in rasender Angst das Genick,
Und schrie zu Gott, und spannte die Sehnen.
Umsonst! Der Ruck, der Schreck — wie es kam?
Wie konnt' ich es wissen! Vom Halten lahm,
Den Versucher zur Seite, so war's mir entfallen,
Entrissen — —

                      Noch immer hör' ich ihn schallen
Vom Wasser herauf, den kurzen Schrei,
Kurz, gell, und ein Klatsch, und alles vorbei.

Wie ich abwärts kam, wie den Weg ich fand
Von Stein zu Stein, bis zum äußersten Rand,
Von der Brandung umtobt, vom Gischt bespritzt,
Blutend, zerschunden, zerkratzt, zerritzt,
Es war wie ein Traum. Doch nichts fand ich am Strand,
Als nur die Trümmer des Tönnchens, daneben,
Hier, dort, Schiffszwieback, durchweicht auf den Wellen.
Und dafür gewagt das blühende Leben
In strafbarem Mut! Wie lang ich gesucht
In allen Winkeln, in jeder Bucht,
Noch Tage nachher, den verlornen Gesellen,

Nicht fand ich die Leiche. Hinausgetrieben
Vielleicht ins Meer, oder hängen geblieben
Tief unten an spitzigen Klippennadeln,
Warb Raub sie den Fischen. —

                        Wer will mich tadeln?
Wer klagt mich an? Bei Gott! und hätte
Die Mutter er mir, den Vater erstochen,-
Die Schwester geschändet im Sündenbette,
Gräuel auf Gräuel, nicht hätt' ich's gerochen.
Nicht so, wie er hängend zwischen Tod und Leben
War wehrlos in meine Hand gegeben.
Und ihr glaubt es ja alle, und keiner ist da,
Der mir es aufbürdete, was geschah.
Was will es denn nun? Was läßt es mich nicht?
Als wär' ich ein Schuft, ein erbärmlicher Wicht.
Kein Mord, ein Unglück! ich that meine Pflicht.
Meine Kraft war zu schwach, das Seil mir entschwunden,
Die Zähne zum Teufel, die Hände geschunden,
Und blutend lag, das Gesicht auf dem Stein,
Wie zerschmettert ich oben. Die Glieder flogen.
Und unten stürmten und tobten die Wogen,
Und ihr rollender Donner verschlang sein Schrein.

                       6.

„Wie meldest du's ihr, wie nimmt sie es auf?"
So fragte ich mich, und stockend dann quollen
Die Worte hervor nur. So hindert den Lauf
Des klaren Baches der plumpe Stein,
Der, Schlamm aufwühlend die Flut verdickt.

Doch blieb sie still bei dem unheilvollen
Bericht, und als ich beschwor sie, erstickt
Jedes Wort halb im Schlund, die Schuld wär' nicht mein,
Ich wäre kein Mörder, da sah sie mich an
Mit großen Augen und gab mir die Hand.
„Ihr seid ohne Schuld" sprach leise sie drauf,
„Gott sei ihm gnädig und uns." Doch dann,
Sie hatte schnell sich abgewandt,
Kam's wie aus tiefstem Innern herauf,
Ein Schluchzen, ein Beben, und vor das Gesicht
Die Hände schlagend, sie weinte nicht,
Nein, schien in Thränen zerfließen zu wollen,
Die tropfenweis durch die Finger ihr quollen.
Da kehrte ich ab mich und ließ sie allein,
Und dachte nachher: Es wird so sein,
Sie hat mehr als ich verloren ihn;
Es ist alles so, wie es lange mir schien,
Und, ich leugne es nicht, ich gönnte es ihr,
Und der Teufel hatte seine Lust an mir.
„Sie ist dein! sie ist dein! Was zögerst du noch?"
So hörte ich's immer. Doch anfangs verkroch
Ich mich feige davor, verstopfte die Ohren,
Doch waren der Tugend Mühen verloren.
Nach Tagen schon und ich atmete frei:
Was quälst du dich, Narr! Ist's nicht einerlei?
Ob du oder er? Und was einem sie gab,
Das schlägt sie dem andern wohl auch nicht ab
Und brauchst du Gewalt, wer will dich halten?
Du bist nun Herr und kannst frei hier schalten.

Und trat ich dann vor sie mit solchen Gedanken,
12*

Dann fühlte den Stolz ich der Stärke schwanken,
Und fühlte mich klein und beschämt, und schlich
Vor einem Blick oft bei Seite mich.

Ach, sie war schön, bei Gott, wie ein Weib
Ich selten sah, und so stolz und rein,
Daß immer ich wieder beschwor, diesen Leib
Hat Jens nicht besessen, es kann nicht sein!
Der Blick kann nicht lügen, so still und klar
Sieht kein Weib, das schon einmal erniedrigt war,
Einem Mann in die Augen, der ihrer begehrt.

Und so hielt sie mich fern, wie mit flammendem Schwert.
Wie lange doch soll wohl solch Zustand bestehn?
Unter Menschen von Fleisch und Bein und Blut,
Und jungem Blut und gekocht von der Glut
Der Leidenschaft und der Tropenglut,
So im täglichen Nebeneinandergehn,
Wie lange wohl? — Und so kam er, der Tag,
Kam sicher, wo sie in den Armen mir lag.
Und nicht Sünde war es, nicht niedere Lust,
Die sie endlich zwang an meine Brust.
Ich liebte sie, wie man nur lieben kann,
Und je schwerer den langen Kampf ich gewann,
Je herrlicher labte der Sieg zuletzt.

Und sie gestand mir, was kaum ich gehofft,
Wie auch sie sich umsonst zur Wehre gesetzt,
Wie auch sie in Qualen gerungen oft
Von gleicher Leidenschaft, gleicher Glut
Durchfiebert, wie ich, und schon lange mir gut,
Schon damals, als Jens — — doch mit Purpurscham

Gestand sie mir leis, daß ans Ziel er nicht kam.
Und dann rauschten die Wipfel der Palmen sacht
Uns das Hochzeitslied in der ersten Nacht.

Und war ich je glücklich, so war es die Zeit
In der weltverlassenen Einsamkeit.
So dachte ich mir das Paradies,
Und war kein Engel, der aus uns wies
Mit feurigem Schwert. Und so rann die Zeit,
Und wir wünschten nichts mehr, und der Tod schien weit.

Drei Jahre, da hat man sich eingewöhnt,
Hat abgeschlossen, sich ausgesöhnt.
Wohl hätten gejauchzt wir, gejubelt, gewiß!
Wenn ein Schiff uns dem Paradies entriß,
Doch klagten wir nicht, da fern es blieb
Und lebten zusammen und hatten uns lieb.

Doch konnt' es so bleiben? Ist Menschenglück
Wie die Welle nicht flüchtig, falsch, voller Tück?
Ich Narr! als ob ich's erprobt nicht oft,
Nicht immer umsonst gestrebt, gehofft,
Gesorgt und geliebt, und glaubte nun hier
Auf dem Felseneiland würd' lachen mir
Ein beständiges Glück. Zu bald nur, ach
Zu bald ward es anders.

                Mir ist's noch wie heute.
Wir hatten wie Kinder die Insel weit
Durchstreift in sorgloser Fröhlichkeit,
Und ich hatte mit Blumen das Haar ihr durchschlungen,
Nachdem wir zuvor in dem Silberbach

Die Glieder erfrischt. Dann, wie es sie freute,
Hatten im Gehen ein Lied wir gesungen,
Nur einen Vers, wir wußten nicht mehr;
Es stammte noch von der Schule her,
Eine einfache Kindermelodie.
Da zog sie mich an sich und lächelte — nie
Vergess' ich die Stunde — und hold übergossen
Von lieblicher Scham, gestand mir ihr Mund,
Was seit kurzem sie hielt im Schoß umschlossen.
Das sicherste Siegel unserm Bund.

So groß war die Freude, so groß das Glück,
Jeder andre Gedanke trat zurück
An Schmerzen und Sorgen. Doch in der Nacht,
Da meldete sich's bei mir mit Macht,
Und ich bebte und sorgte im Herzen, und schrie
Zu Gott, und dachte der kommenden Zeit,
Und malte mir's aus, wenn schlecht es gedieh,
Wenn sie stürbe, ohne Hülfe, in Einsamkeit
Zurück mich lassend, vielleicht mit dem Kind,
Dem zarten Wurm. Und dann dachte ich wieder,
Sie ist ja gesund, aus kernigem Holz.
Wie manche Dirne kommt einsam nieder
Hinter Hecken und Dorn, in Regen und Wind,
Und quält sich kein Mensch um das arme Ding.
Und ich schalt meine Furcht, und dachte mit Stolz
An den kommenden Sproß, an den Wildling, und hing
Mit trunkenem Blick an dem prächtigen Weib
Zur Seite mir. Und ihr Atem ging
So tief und ruhig, wie Wogengesang,
Wenn die silbernen Hügel stolz und lang

Vor dem Winde wandern. Die ganze Gestalt
Voll Kraft, geschaffen der Schmerzen Gewalt
Und jeglicher Sorge gefaßt zu begegnen.
Da bat ich zu Gott, mein Glück zu segnen.

7.

Die Wochen, die Monde, ich schildere sie nicht,
Wenn rechts die Hoffnung ins Ohr dir spricht
Mit süßem Wort, und links dir flüstert
Die Furcht ihre Zweifel, und dich umdüstert
Mit bangen Schatten, und es wechselt so ab,
Hältst jede Stund einen andern Stab,
Womit du das Leben mißt, seinen Wert.
Das sind Zeiten, die niemand zurückbegehrt,
Auch in der Erinnerung nicht. So schweige
Ich denn darüber. — —

                  Es war alles bereit,
Das Kind zu empfangen. Geschmeidige Zweige
Und Bast hatte ich in der letzten Zeit
Auf täglichen Gängen im Walde gesucht,
Draus flocht ich heimlich, versteckt in der Bucht,
In der Auslughöhle am einsamen Strand
Zur ersten Wiege die erste Wand,
Und freute mich, sie mit dem Meisterstück
Überraschen zu können, und träumte vom Glück
Der kommenden Zeit. Da saß ich nun
Bei dem ungewohnten, köstlichen Thun;
Sah über die Arbeit hinaus auf das Meer,
Das öde wie immer und hoffnungsleer,
Kein Segel rings, nur Wellen und Wellen
Und drüber die Möven, die rastlosen, schnellen.

Eine Arbeit war's, so ungewohnt
Wie sauer, doch fühlt' ich mich reichlich belohnt,
Sah ich sie langsam sich fortgestalten,
Und dacht' an das Glück, das sie sollte halten,
Das sie bergen sollte in ihrem Schoß.
Und es ward eine Wiege für zwei, so groß.

Das Glück! Das Lachen! Die Thränen! als
Mein Meisterwerk nun vor ihr stand.
Ach, wie wenig gefiel mir's, wie schien es mir roh
Und plump, sie aber war herzlich froh
Wie ein Kind, und weinte an meinem Hals,
Und lachte und küßte mich zwanzig Mal,
Und stieß mit dem Fuß die Wiege an,
Und streichelte sie mit zärtlicher Hand,
Und ließ sie schaukeln und sang dazu,
Und rief dann wieder: „Du Guter du,
Du lieber, einziger, guter Mann!"

Dies Glück, dies Glück! — Und dann kam der Tag,
Der bange, wo sie in Schmerzen lag.
Und es ward ihr schwer und es rüttelte sie,
Und ein Fieber kam, eine Marternacht.
Ich saß bei ihr, vergrämt und verwacht,
Und draußen heulte ein West=Nord=West.
Da richtete plötzlich sie hoch sich auf,
Mit großen Augen, starr und blank,
Und hielt meine Hand, und hielt sie fest,
Und rief im Fieber, nein, rief nicht, schrie:
„Ein Schiff, ein Schiff! zu uns sein Lauf.
Gerettet!" und kraftlos zurück sie sank,

Die Augen geschlossen und atmend tief,
Und sprach kein Wort, ob ich bat und rief.

Da packte mich Graun, und ich stürzte hinaus.
Der Westwind heulte, die Nacht war graus
Und wüst genug, doch wilder schon trieb
Oft der Sturm sein Wesen. Im Ohre blieb
Mir immer ihr Ruf: Ein Schiff, ein Schiff!
Und ließ mir nicht Ruhe. Der starre Blick,
Der drängende Ton, war's Himmelsgeschick?
Hätte Gott ihr gezeigt, daß Rettung nah?
Wäre wahr es, was sie im Fieber sah?

Da ließ es mich nicht; ich eilte hinein.
Still lag sie beim flackernden Feuerschein,
Blaß, fiebernd. Konnt' ich allein sie lassen?
Und wenn ich nicht ging, und das Schiff, das Schiff
Führe vorbei, nah vorbei an dem Riff,
Und es könnte uns retten, wir wären geborgen
Diese Nacht, oder doch am kommenden Morgen.

Da fiel auf die Knie ich, und betete tief,
Und riß mich dann los und stürzte fort.
Und immer war mir's, als ob sie rief:
„Ein Schiff, ein Schiff!" Und wie ich so lief
Durch die Nacht, durch den Wald, da wußte ich's klar:
Du triffst ein Schiff, sie sagte wahr.
Rettung, Rettung. Kein Fieberwort.

Mich jagte die Angst, wie den Hirsch die Hunde.
Wie dehnte der Weg sich, fast eine Stunde,
Im Sturm, in der Nacht. Ich fiel, sprang auf,

Zerriß mir die Kleider, die Haut im Lauf
An dornigen, stachlichten Sträuchern; so legte
Ich keuchend den schrecklichen Weg zurück.
Der Mond warf blasse Lichter zum Glück
Durch die Wolken, wenn auseinander fegte
Ein Windstoß die schwarzen minutenlang.
So kam ich ans Meer, und keuchend rang
Nach Atem die Brust, und das Herz wollte springen,
Und ich sank auf den Stein, und fiel auf die Hände,
Und es war, als ob wirbelnd im Kreise gingen
Die Wellen um mich und die Klippenzacken,
Als ob Alles im rasenden Tanz sich befände,
Und die Wolken griffen, mich anzupacken,
Mit langen Armen hinunter. Mir schwand
Das Bewußtsein. Da lag ich nun hier am Strand
Von Ohnmacht umfangen, in Sturm und Nacht;
Und lag so Stunden, denn als ich erwacht,
War sanfter der Wind und der Himmel fast klar.
Zerrissnes Gewölk nur wie Raben umflog
Die Sonne, die über dem Wasser war.
Und im flimmernden Glanz — wenn das Auge mich trog?
Wenn ich träumte noch, fiebernd, und alles wär Wahn? —
Doch nein! vom flimmernden Glanz umflossen
Grüßten Segel herauf, ein Schiff, eine Brigg!
Wahrheit war, was die Augen sahn.
Und wie verzückt, mit trunkenem Blick,
Verschlang ich das Bild, wie angegossen.
Dann rafft' ich mich auf, und sprang, und schrie
Und warf die Arme, und stürmte hinauf
Auf die höchste Klippe, und schwang im Lauf
Mein Hemd, das schnell ich vom Leib gerissen,

Und sah, so war es mir, drüben sie
Als Antwort eine Flagge hissen.
Dann stand ich oben, halb nackt und bloß,
Und zerrte blind hastend die Latte los
Und zerrte an ihr die Nägel mir wund,
Und schwang sie mit beiden Fäusten im Wind,
Und warf sie zu Boden, und hielt an den Mund
Die Hände, und schrie mit aller Kraft,
Und schwenkte dann wieder den Flaggenschaft.

Und sie sahen mich, kamen. Ein Boot stieß ab,
Zu retten uns aus dem Felsengrab.
Mit trockenem Gaumen und fliegenden Gliedern,
Mit gierig aufgerissenen Lidern,
Nach vorn gebeugt, so stand ich da,
Und zagte und zagte, ob recht ich sah.
Kein Zweifel! sie kamen. Sie ruderten scharf.
Da jauchzte ich auf. Auf den Felsen warf
Ich mich nieder, die Stirn auf den kalten Stein,
Und schluchzte, schluchzte auf wie ein Kind,
Und lachte und weinte, und war wie von Sinnen.
Sie kamen, wir sollten gerettet sein;
Nicht schnell genug wollte die Zeit mir verrinnen.
Ich zählte die Schläge der Ruder, und maß
Mit den Augen die Strecke, und stand und saß
Und lief und stand und hockte wieder
Mit zitternden Knien eine Weile nieder.
Drei Jahre waren, drei Jahre es ja!
Und endlich Erlösung, so nah, so nah!

8.

Eine Hamburger Brigg war's. Vom Sturm verschlagen,

Sahn sie den einsamen Felsen ragen,
Den unbekannten, hervor aus den Wogen,
Und steuerten näher, von Neugier gezogen.
Da sah durch das Glas der Kapitän
Auf dem nackten Stein unsre Flagge wehn,
Und wir waren gerettet.

            Sie fanden mich
Fast sprachlos vor Freude, und wunderten sich,
Mich kräftig zu sehn und wohl genährt.
In fliegender Hast stand Rede ich,
Und hatte in kurzem sie aufgeklärt.
Gleich waren bereit sie zu folgen, und brachten
Den Schiffsarzt mit, an alles dachten,
Die Wackeren. Drängend trieb ich zur Eile
Und buldete nicht die kleinste Weile.
Mir bangte, je näher dem Ziel wir kamen,
Und immer war ich eine Strecke voran,
Und wartete wieder und trieb sie an.
Sie folgten mir mühsam: „In Gottes Namen!"

Und da lag sie vor uns im Sonnenschein,
Die Hütte, mein Haus, mein Alles. Allein
Erst schlich ich hinein und atmete hoch
Und dankte Gott. Sie lebte noch.
Doch ich sah, ein Blick, was sie litt und wie nah
Ihre Stunde mußt' sein. Und leise rief
Ich den Doktor herein. Und da sie schlief,
Beruhigte er mich mit Trostgeberden
Und machte mir Mut, es würd gut schon werden.

Und sie blieben bei mir, hülfsbereit,

Und schickten mich schlafen. Sie waren ja da
Und wachten, und meine Kraft war hin,
Und vor mir noch eine bange Zeit.
Da legte ich mich und streckte die Glieder,
Und ließ auch der Schlaf sich gleich hernieder
Und schloß mir die Augen, und hielt mich umfangen
Bis alles vorbei. — Kaum wagt' ich vor Bangen
Die Augen zu öffnen. Doch da — ja! — gewiß!
Eine Kinderstimme, ein kräftiges Schrein!

O wie ich schnell mich vom Lager riß
Und ließ mich nicht halten und eilte hinein.
Mein Weib, mein Kind, ich wollte sie sehen.
Der Arzt ging leise auf den Zehen
Und wies nach dem Bett. Da lag sie bleich,
Und um den Mund einen Schmerzenszug.
Und der Atem ging pfeifend, und ging nicht gleich —
Und des Doktors Blick, — da wußt ich genug,
Und stöhnte laut auf und fiel aufs Knie.
Was war mir das Kind, wenn verloren sie,
In der Stunde starb, wo die Rettung da.

Da fluchte ich Gott, dem Wahnsinn nah,
Und ballte die Fäuste und schlug die Erde.
Wer hätt' es ertragen mit Demutgeberde?
Warum? Warum? Was hatt' ich verschuldet,
Und sie? — Drei Jahre in Demut geduldet
Und Gott ergeben und fromm. Und jetzt,
Da auf den Knieen ich vor ihm gelegen
Und gedankt ihm, daß er erhört mich zuletzt,
Jetzt tritt er mir grausam, höhnend entgegen

Jetzt tritt er mich ganz in den Staub, zertritt
Mich lieblos. Und ich lag, und stritt
Und zürnte mit Gott, und riß aus dem Herzen
Den Glauben an ihn unter tausend Schmerzen.
Wenn ich nicht geflucht, wenn ich fromm geblieben,
Seinen Namen gepriesen, ob er Mitleid gezeigt?
Ob ein Körnchen von seinem unendlichen Lieben
Er übrig gehabt, wenn voll Demut geneigt
Das Haupt ich hätte und hätte geweint,
Trotzdem es Lüge, nicht ehrlich gemeint,
Was du thust, Herr, das ist wohlgethan.

Die Zeit ist vorüber. Längst bin ich gefaßt
Und trag' ohne Murren des Lebens Last,
Und frage nicht mehr, warum das Alles.
Was weiß ich von Gott. Die Herren Pastoren
Füll'n uns mit großen Worten die Ohren
Lullen uns ein nur besten Falles.

Ich aber bin taub dem Priesterwahn.
In jener Stunde, als starb mein Weib,
Denn das war sie, auch ohne Pastor und Papier,
Da starb meine Frömmigkeit auch mit ihr,
Da begrub ich den Glauben mit ihrem Leib.

Bei der Hütte, nah der verlassenen Schwelle,
Die zum letzten Mal ich nun überschritten,
Wo wir so glücklich, so glücklich waren
Zusammen, und wo wir zusammen gelitten
Weltfern, allein, in den langen Jahren,
Bei der Hütte gruben an schattiger Stelle
Ein Grab wir für sie. Das dritte nun,

Das ich grub: für den Jungen, für jenen, den wir
In dem Palmenwäldchen fanden hier
Den ewigen Schlaf unter Würmern ruhn,
Und für sie nun auch. Jens Jensen lag
Auf dem Meeresgrund seit jenem Tag.
Nur ich allein von Allen gerettet
Und das Kind. Wie gern hätt' das Kind gebettet
Statt ihrer ich dort in die Einsamkeit.

Jetzt freilich möcht' ich es missen nicht,
Da hinter mir liegt jene schreckliche Zeit.
Jetzt ist es mein Trost, mein Augenlicht,
Mein Töchterchen blond, wie die Mutter ganz,
Mein muntres Fränzchen, mein wilder Franz.
Denn sie ist wie ein Junge, so wild, voller Kraft,
So voll Leben und feuriger Leidenschaft,
Die einst machte wallen den Eltern das Blut
In der Wildniß, in der freien Natur,
Genährt von den Früchten des Waldes nur,
Ohne Schutz und Gesetz, nur in eigener Hut.

Was mußt' ich nicht alles dem Ding erzählen,
Schon früh, von dem einsamen Fels im Meer,
Darauf sie geboren. Das war ein Quälen.
Und ob sie's selbst sagte am Schnürchen her,
Ich mußte es immer noch einmal berichten,
Und durfte nichts ab und hinzu nichts dichten,
Sie ließ nichts durch. Und es hatt' nicht Gefahr.
Noch heute steht mir, so Jahr um Jahr,
Vor den Augen alles wie gestern geschehn.
Das vergißt sich nicht, wie die Jahre auch gehn.

Und mein Haar ist grau und der Rücken gebeugt,
Gezählt sind die Tage schon bis zum Grab.
Bis dahin ist, die mit ihr ich gezeugt,
Die längst schon ruht unter Palmen allein
In der fernen Öde, der Sonnenschein
Meines Alters und mein treuer Stab.
Doch hoff' ich noch glücklich versorgt sie zu sehn,
Eh der Tod mich ruft zum Schlafengehn.

www.ingramcontent.com/pod-product-compliance
Lightning Source LLC
Chambersburg PA
CBHW030554040726
47497CB00008B/2725